El escarabajo de oro

El jugador de ajedrez de Maelzel

El sistema del doctor "Alquitrán" y del
profesor "Pluma"

La finca de Landor

Un descenso al Maelstrom

El espectro

Método de composición

El escarabajo de oro

El jugador de ajedrez de Maelzel

El sistema del doctor "Alquitrán" y del
profesor "Pluma"

La finca de Landor

Un descenso al Maelstrom

El espectro

Método de composición

EDGAR ALLAN POE

Traducción: Rafael Cansinos-Assens
y Enrique L. de Verneuil

Poe, Edgar Allan
    El escarabajo de oro y otros cuentos. - 1ª ed. - Buenos Aires:
    Losada, 2004. - 193 p.; 18 x 12 cm. - (Biblioteca Clásica y
    Contemporánea. Losada Clásica; 653)

    ISBN 950-03-0569-0
    Traducción de: Rafael Cansinos-Assens y
    Enrique L. de Verneuil

    1. Narrativa Estadounidense. I. Título
    CDD 813

Títulos originales:
*The Gold Bug. The System of Dr. Tarr and Prof. Feather.
Landor's Cottage. A Descent into the Mealstrom. Shadow.
Philosophy of Composition*

LOSADA CLÁSICA

1ª edición: septiembre de 2004

© Editorial Losada S.A.
   Moreno 3362
   Buenos Aires, 2004

Tapa: *Peter Tjebbes*
Composición: *Taller del Sur*

Índice

El escarabajo de oro

¡Oh, oh! ¿Qué es eso? Ese mucha-
cho tiene la locura en las piernas. Sin
duda le ha picado la tarántula.

Hace algunos años trabé íntima amistad con un
tal Guillermo Legrand, hijo de una antigua familia
protestante; en otro tiempo había sido muy rico, pero
una serie de desgracias redujéronle a la miseria, y a
fin de evitar la humillación abandonó Nueva
Orleáns, ciudad de sus abuelos, para ir a establecer-
se en la isla de Sullivan, situada cerca de Chárleston,
en Carolina del Sur.

Esta isla, una de las más singulares, está formada casi en su totalidad por la arena del mar, y sólo tiene tres millas de longitud por un cuarto de milla de
anchura. Hállase separada del continente por una
caleta apenas visible, cuyas aguas se filtran a través
de una masa de cañas y de cieno, punto de reunión
habitual de las aves acuáticas. La vegetación, como
se comprenderá, es pobre, o mejor dicho enana,
encontrándose sólo árboles pequeños. Hacia la extremidad occidental, en el sitio donde se elevan el fuerte Moultrie y algunas míseras construcciones de
madera, habitadas durante el verano por los que
huyen del polvo y de las fiebres de Chárleston, se
encuentra, a decir verdad, la palmera setígera; pero
toda la isla, excepto ese punto occidental y un espacio de aspecto triste y blancuzco, a orillas del mar,
está llena de matorrales de ese mirto oloroso tan

apreciado por los horticultores ingleses. Este arbusto alcanza con frecuencia una altura de quince o veinte pies; forma espesuras casi impenetrables y embalsama la atmósfera con sus perfumes.

En lo más profundo de esos bosquecillos, no lejos de la extremidad oriental de la isla, que es la más lejana, Legrand construyó una choza, en la cual habitaba cuando por primera vez, y merced a una casualidad, trabé conocimiento con él, conocimiento que se convirtió a poco en amistad, porque el solitario era muy digno de aprecio. Pronto eché de ver que había recibido una esmerada educación, bien aprovechada por sus facultades poco comunes; pero acosábale una profunda misantropía y estaba sujeto a enojosas alternativas de entusiasmo y de tristeza. Aunque tenía muchos libros, rara vez leía; la caza y la pesca eran su principal pasatiempo, o bien paseábase por la playa buscando conchas y muestras entomológicas: su colección hubiera sido envidiada hasta por el mismo Swammerdan. En sus excursiones solía acompañarle un negro anciano, llamado Júpiter, que a pesar de haber obtenido su libertad antes de sufrir la familia los reveses de la fortuna, no quiso acceder, ni por amenazas ni por promesas, a separarse de su joven "masa" (amo, señor) Guillermo, considerándose con derecho a seguirle a todas partes. Es probable que los padres de Legrand, juzgando que éste tenía la cabeza algo trastornada, favorecieran la obstinación de Júpiter, a fin de tener una especie de guardián o vigilante junto al fugitivo.

En la latitud de la isla de Sullivan, rara vez los inviernos son rigurosos y considérase como un acontecimiento singular que sea indispensable el fuego del hogar hacia fines del año. No obstante, a mediados de octubre de 18..., hubo un día muy crudo; y poco antes de ponerse el sol, dirigíme hacia la choza de mi amigo, a quien no había visto hacía algunas semanas. Habitaba yo entonces en Chárleston, a nueve millas de la isla, y en aquella época no eran tan fáciles como ahora los medios para trasladarse de un punto a otro.

Al llegar a la choza, llamé, como de costumbre, y no recibiendo contestación busqué la llave en el sitio donde solía estar, abrí la puerta y entré. En el hogar chisporroteaba un fuego brillante, que fue para mí la más agradable sorpresa; despojéme del gabán, acerqué una silla y esperé con paciencia la llegada del dueño de aquella vivienda.

Poco después de anochecer aparecieron amo y criado e hiciéronme la más cordial acogida. Júpiter, entreabierta desmesuradamente la boca por una sonrisa de contento, iba de un lado a otro a fin de preparar algunas gallinetas de agua para la cena. Legrand estaba en una de sus "crisis" de entusiasmo, pues no de otro modo podría llamarla; acababa de encontrar una bivalva desconocida, de un género nuevo; y además había cogido, con ayuda de Júpiter, un escarabajo que, a su juicio, era nuevo también. Díjome que deseaba conocer mi opinión a la mañana siguiente.

—¿Y por qué no esta noche? –pregunté, frotándome las manos al calor de la llama y renegando interiormente de toda la familia de los escarabajos.

—¡Ah! ¡Si hubiera sabido que estaba usted

aquí!... Hace mucho tiempo que no le he visto y no podía figurarme que me visitaría precisamente esta noche. En el camino he encontrado al teniente G..., gobernador del fuerte, y sin reflexionar le he prestado mi escarabajo; de modo que no podrá usted verle hasta mañana a primera hora. Quédese aquí esta noche y enviaré a Júpiter a buscarlo al salir el sol. Es la cosa más bonita que podría ver en el mundo.

—¡La salida del sol!

—¡No, hombre, el escarabajo! Su color es de oro brillante, su tamaño el de una nuez, tiene dos manchas de negro azabache en una extremidad del dorso y otra más prolongada en la opuesta. Las antenas son...

—No tiene "estaño",[1] massa Guillermo –interrumpió Júpiter–, yo se lo aseguro; el escarabajo es de oro, de oro macizo, por dentro y por fuera, excepto las alas; jamás he visto otro que pesara ni la mitad.

—Bien, admitamos que tiene razón, Júpiter –repuso Legrand, con más viveza de la que el asunto merecía en mi concepto–, pero esto no es una razón para que dejes quemar las gallinas. El color del insecto –añadió dirigiéndose a mí– bastaría en verdad para creer que Júpiter tiene razón. Nunca habrá visto usted un brillo metálico tan vivo como el de sus élitros, pero no podrá juzgar hasta mañana. Entretanto procuraré darle idea de su forma.

---

[1] La pronunciación de la palabra *antennoe* (antenas) hace que Júpiter cometa una equivocación, pues cree que se habla de estaño: *Dey ant no tin in him* (no hay estaño en él); es un equívoco intraducible. El negro de aquel país hablará siempre en una especie de *patuá* inglés, que no sería posible imitar con el *patuá* del negro francés, así como el bajo normando o el bretón no traduciría el irlandés.

Así diciendo, sentóse ante una mesita, sobre la cual vi un tintero y pluma, pero no papel, buscólo en el cajón, y, como no encontrase, díjome de pronto:

—No importa, esto bastará.

Y sacó del bolsillo de su chaleco una cosa que me pareció un pedazo de vitela vieja, muy sucia, en la cual trazó un croquis con la pluma. Entretanto, yo permanecía junto al fuego, porque me molestaba mucho el frío. Cuando el dibujo estuvo terminado, Legrand me lo entregó sin levantarse, y en el momento de recibirle oyóse un fuerte gruñido, acompañado de algunos rasguños en la puerta. Júpiter abrió, y vi entrar un enorme perro de Terranova, perteneciente a Legrand, que al punto saltó sobre mí, haciéndome mil caricias, pues ya me conocía por mis visitas anteriores. Cuando cesaron sus cabriolas tomé el papel y, a decir verdad, no dejó de preocuparme el dibujo de mi amigo.

—Sí –dije, después de examinarlo durante unos minutos–, confieso que es un escarabajo extraño y nuevo para mí, pues jamás he visto nada que se le asemeje, como no sea una calavera. A esto se parece más que a ninguna otra cosa de las que hasta aquí he podido examinar.

—¡Una calavera! –repitió Legrand– ¡Ah!, sí, algo de esto se figura en el papel; las dos manchas negras superiores serían los ojos, y la más larga figura la boca. ¿No es verdad? Por otra parte, la forma general es ovalada...

—Tal vez sea así –repuse–, pero temo, amigo Legrand, que no sea usted muy artista. Esperaré a que me enseñe el insecto para formar idea de su conjunto.

—¡Muy bien! –replicó Legrand algo picado–, pero yo no sé cómo puede ser lo que usted dice, pues yo dibujo bastante bien, o por lo menos debía hacerlo, porque he tenido buenos profesores y me lisonjeo de no ser del todo torpe.

—Pues entonces, amigo mío –repliqué–, debo decirle que usted se chancea, porque el dibujo representa un cráneo bastante regular, o más bien perfecto, según los principios adquiridos relativamente a esta parte de la osteología; de modo que ese escarabajo será la más extraña de todas las especies del mundo si se parece al diseño. Sobre esto podría basarse alguna superstición conmovedora. Presumo que designará usted su insecto con el nombre de "scaraboeus caput hominis", o alguna cosa parecida, pues en las obras de historia natural hay muchos apelativos de este género. Pero, ¿dónde están las antenas de que hablaba usted?

—¡Las antenas! –repitió Legrand, que se exaltaba inexplicablemente–; ahí deben hallarse las antenas; estoy seguro de ello, pues las he marcado tan bien como las presenta el original, y presumo que esto basta.

—Muy bien –repuse–; admito que usted las haya dibujado, pero la cuestión es que yo no las veo.

Al decir esto le devolví el papel sin hacer ninguna otra observación, a fin de no exasperarle; pero preocupábame mucho el giro que aquel asunto tomaba, y sobre todo el mal humor de mi amigo. En cuanto al croquis del insecto, positivamente no se veía antena alguna, y el conjunto se parecía singularmente a la imagen ordinaria de una calavera.

Tomó el papel con aire displicente, y lo estrujaba para arrojarlo al fuego, cuando su mirada fijóse casualmente en el dibujo y concentró en él toda su atención. En el mismo instante, vi que su rostro pasaba de un rojo intenso a mortal palidez. Durante algunos minutos y sin moverse de su asiento, siguió examinando el dibujo. Levantóse al fin, y tomando una bujía, fue a sentarse sobre un cofre en el otro extremo de la sala, donde continuó examinando el papel, volviéndole en todos sentidos. Sin embargo, nada dijo, y aunque su conducta me asombrase en extremo, juzgué prudente no acrecentar su mal humor con ningún comentario. Por último, sacó del bolsillo de su casaca una cartera, guardó cuidadosamente el papel, y depositó el todo en un pupitre, cerrándolo con llave. Figuróseme después que comenzaba a serenarse, pero su primer entusiasmo había desaparecido del todo y su expresión parecía más bien concentrada que burlona. A medida que la noche avanzaba, absorbíase más en su meditación, y ninguna de mis palabras bastó para distraerle de ella. Al principio había tenido intención de pasar la noche en la choza, como lo había hecho más de una vez, pero al ver a mi amigo de tan mal humor, juzgué más oportuno retirarme. No hizo esfuerzo alguno para detenerme, pero cuando me marchaba estrechóme la mano con más cordialidad que de costumbre.

Al cabo de un mes, poco más o menos, durante el cual no había oído hablar de Legrand, recibí en Chárleston la visita de su servidor, Júpiter. Jamás había visto al buen negro tan abatido, y temí que hubiera ocurrido alguna desgracia a mi amigo.

—¿Qué tenemos, Jup? (llamábale así por abreviar) –le pregunté–. ¿Cómo está tu amo?

—A decir verdad, massa, no tan bueno como debería.

—¿Que no está bueno? Lo siento de veras, pero ¿de qué se queja?

—¡Ah!, ésta es la cuestión; no se queja nunca de nada, pero esto no impide que esté muy enfermo.

—¡Muy enfermo, Júpiter! ¿Por qué no lo decías de una vez? ¿Está en cama?

—No, no; ni en cama ni en ninguna parte, y esto es lo que me inquieta sobre la suerte del pobre massa Guillermo.

—Júpiter, quisiera comprender todo lo que me estás contando; dices que tu amo está enfermo, y debo suponer que te habrá indicado cuál es su mal.

—¡Oh!, massa, es inútil cavilar; mi amo dice que no tiene absolutamente nada, pero si es así, ignoro por qué va de una parte a otra pensativo, con la vista en el suelo, la cabeza baja, el cuerpo encorvado y pálido como un difunto. Tampoco me explico que siempre esté escribiendo cifras y más cifras.

—¿Cifras dices, Júpiter?

—Sí, señor, cifras y signos en una pizarra, y estos últimos son los más extraños que en mi vida he visto. Comienzo a tener miedo, y siempre he de estar con la vista fija en mi amo. El otro día se me escapó antes de salir el sol y ya no volví a verle en todo el santo día. Yo tenía preparado un palo para administrarle un fuerte correctivo, pero soy tan animal, que después me faltó el valor. ¡Parece tan desgraciado!

—Bien mirado, creo que debes ser indulgente con el pobre Guillermo; es preciso no apelar al látigo, Júpiter, pues no se halla en estado de resistirlo. Pero, dime, ¿no puedes imaginar tú lo que ha ocasionado esa enfermedad, o más bien ese cambio de conducta? ¿Le ha ocurrido algún incidente desagradable desde que os visité?

—No, massa, nada enojoso ha ocurrido "desde" entonces, pero "antes" sí, o por lo menos, lo temo; fue el día en que usted nos visitó.

—¡Cómo! ¿Qué quieres decir?

—Me refiero al escarabajo; esto es todo.

—¡Al escarabajo!

—Sí, estoy seguro que le ha picado a mi amo en la cabeza.

—¿Y qué motivos tienes para suponer eso?

—No le faltan pinzas, ni tampoco boca, y aseguro a usted que jamás he visto un escarabajo tan endiablado, pues agarra todo cuanto se pone a su alcance y muerde. Massa Guillermo fue quien le cogió, pero hubo de soltarle muy pronto, sin duda porque le había picado. El aspecto de ese escarabajo y su boca no me hacían gracia, y por eso no quise cogerle con los dedos: me serví de un papel, y al envolverle púsele un pedacito en la boca.

—¿Y crees tú que el escarabajo ha picado verdaderamente a tu amo, y que ésa es la causa de su enfermedad?

—Yo no creo nada; lo sé. ¿Por qué sueña siempre en el oro, sino porque le ha picado ese bicho? Ya he oído yo hablar de esos insectos.

—Pero, ¿cómo sabes tú que tu amo sueña en el oro?

—¿Cómo lo sé? Porque habla de ello aunque esté durmiendo; así lo he sabido.

—Hasta cierto punto, puedes tener razón, Júpiter; pero, ¿a qué feliz circunstancia debo hoy tu visita?

—¿Que quiere usted decir, massa?

—¿Me traes algún mensaje de Legrand?

—No, massa; lo que traigo es una carta –contestó Júpiter, entregándome la misiva.

El escrito decía lo siguiente:

"Querido amigo:

¿Por qué no le he visto hace tanto tiempo? Espero que no será tan niño que se vaya a ofender por haberme mostrado brusco un momento cuando me hizo su última visita: esto no es nada probable.

"Desde que le vi a usted, me ha inquietado mucho cierto asunto. Deseo decirle alguna cosa, pero apenas sé cómo hacerlo, ni sé tampoco si lo haré.

"He estado algo indispuesto hace días, y el pobre Júpiter me molesta de una manera insoportable, a pesar de su buen deseo y sus atenciones. ¿Querrá usted creer que el otro día había preparado un palo para castigarme porque me escapé y estuve todo el día solo en medio de las colinas? A fe mía, creo que sólo mi mal aspecto me libró del correctivo.

"Nada he agregado a mi colección desde que nos vimos la última vez.

"Vuelva usted con Júpiter, si puede hacerlo sin molestarse demasiado. 'Venga usted, venga usted'; deseo verle esta noche para un asunto grave, y asegúrole que es de la más 'alta' importancia.

"Suyo afectísimo, *Guillermo Legrand*."

En el estilo de aquella carta había algo que me

causó mucha inquietud, porque difería completamente del que Legrand solía usar. ¿En qué diablos soñaba? ¿Qué nueva manía se habría apoderado de su excitable cerebro? ¿Cuál sería el asunto de "tan alta importancia" de que me hablaba? La relación de Júpiter no presagiaba nada bueno y temí que la continua presión que el infeliz sufría hubiera trastornado al fin el juicio de Legrand. Sin vacilar un momento me preparé, por lo tanto, para acompañar al negro.

Al llegar al muelle observé que en el fondo de la barca que debía conducirnos había una hoz y tres azadones, todos nuevos.

—¿Qué significa eso, Júpiter? –pregunté al negro.

—Es una hoz y unos azadones.

—Ya lo veo; pero, ¿qué hace eso aquí?

—Massa Guillermo me ha dicho que comprara estos útiles en la ciudad, y por cierto que me cuestan bien caros. ¡Para el diablo que compre semejantes utensilios!

—Pero, en nombre del cielo, ¿qué ha de hacer tu amo con la hoz y las azadas?

—Me pregunta usted más de lo que yo sé, y no creo que él sepa tampoco lo que ha de hacer; el diablo me lleve si no estoy convencido de ello; pero todo esto viene del escarabajo.

Viendo que no podía sacar nada en claro de Júpiter, cuyo pensamiento parecía absorto por el insecto, salté a la embarcación y desplegué la vela. Una fuerte brisa nos impelió bien pronto hacia la pequeña ensenada que se halla al norte del fuerte Moutrie, y después de recorrer unas dos millas llegamos a la cabaña. Eran las tres de la tarde, poco más o menos, y Legrand nos esperaba con viva impaciencia; estrechóme la mano con cierta agitación nerviosa que me alarmó, y esto fue suficiente para que me confirmara en mis nacientes sospechas. Estaba pálido como un espectro, y en sus ojos, naturalmente muy hundidos, noté un brillo extraordinario. Después de informarme acerca de su salud, le pregunté, no hallando otra cosa mejor que decir, si el teniente G... le había devuelto al fin su escarabajo.

—¡Sí, sí! –replicó sonrojándose–; le recogí a la mañana siguiente, pues por nada del mundo me separaría del insecto. ¿Sabe usted que Júpiter tiene razón?

—¿De qué? –pregunté con un triste presentimiento en el corazón.

—Suponiendo que es un escarabajo de verdadero oro.

Legrand dijo esto con una seriedad que me afligió mucho.

—Ese escarabajo –continuó mi amigo con sonrisa de triunfo, está destinado a ser el origen de mi fortuna, y a reintegrarme mis posesiones de familia. ¿Se ha de extrañar, pues, que le estime en tan alto precio? Puesto que la fortuna ha tenido a bien concedérmelo, debo utilizarlo convenientemente, y llegaré hasta el oro de que es indicio. Júpiter, tráemelo.

—¿Qué? ¿El escarabajo? Mejor quiero no tener nada que ver con él; ya sabrá usted cogerlo con su propia mano.

Legrand se levantó con aire grave y majestuoso, y fue a buscar el insecto, que estaba depositado bajo un globo de cristal. Era un magnífico escarabajo, desconocido de los naturalistas en aquella época, y que debía ser de mucho valor desde el punto de vista científico. Caracterizábase principalmente por tener en una de las extremidades del dorso dos manchitas negras y redondas, y en la otra una de forma prolongada; los élitros, en extremo duros y brillantes, parecían efectivamente de oro bruñido; el cuerpo era muy pesado, y a decir verdad la opinión de Júpiter no dejaba de ser razonable. Lo extraño era que Legrand se aviniese con Júpiter sobre este punto; no podía comprenderlo, y aunque se hubiese tratado de salvar mi existencia me habría sido imposible descifrar el enigma.

—Le he enviado a buscar –me dijo con tono solemne cuando hube acabado de examinar el escarabajo– para pedirle consejo y auxilio a fin de llevar a cabo la empresa que mi suerte y ese insecto me deparan...

—Querido Legrand –repuse al punto interrumpiéndole– seguramente no está usted bien, y le convendría mucho más adoptar algunas precauciones. Acuéstese ahora mismo, y yo permaneceré aquí algunos días hasta que se restablezca. Sin duda le aqueja la fiebre, y...

—Tome usted el pulso –replicó.

Hícelo así, y, a decir verdad, no reconocí el menor síntoma de fiebre.

—Pero podría usted estar enfermo sin tener calentura –repuse–; permítame sólo por esta vez servirle de médico; ante todo, váyase a la cama, y después...

—Se engaña usted –interrumpió–; estoy tan bueno como podría esperarse, atendido mi estado de excitación; y si realmente quiere usted verme del todo restablecido, fácil le será aliviarme.

—¿Qué se ha de hacer para eso?

—Es muy fácil: Júpiter y yo vamos a emprender una expedición a las colinas, y necesitamos el auxilio de una persona de toda confianza. Usted es esa persona única, y ya fracase nuestra empresa, o bien alcance buen resultado, la excitación que en mí ve usted ahora desaparecerá.

—Deseo vivamente servirlo en todo –repuse–; pero, ¿tendrá ese infernal escarabajo algo que ver con nuestra expedición a las colinas?

—Ciertamente.

—Entonces, amigo Legrand, me es imposible cooperar en una empresa tan completamente absurda.

—Lo siento, lo siento mucho, porque será preciso arreglarnos solos.

—¡Solos! –exclamé–. ¡Ah!, ¡el desgraciado está loco! Pero, veamos: ¿cuánto tiempo durará su ausencia?

—Probablemente toda la noche; vamos a marchar al punto, y sea como quiera, volveremos al salir el sol.

—¿Y me promete usted que una vez satisfecho su capricho, respecto al asunto del escarabajo, volverá usted a casa y se someterá puntualmente a mis prescripciones, cual si fuesen las de un médico?

—Sí, se lo prometo a usted; y ahora en marcha, pues no hay tiempo que perder.

Acompañé a Legrand con el corazón entristecido; a las cuatro salíamos de la cabaña, acompañados de Júpiter, que llevaba la hoz y las azadas, pareciéndome que el negro insistía en cargar con aquellos instrumentos más bien por no verlos en manos de su señor que por un exceso de complacencia. Por lo demás, Júpiter estaba de muy mal humor, y durante todo el camino sólo le oí pronunciar las palabras: "¡maldito escarabajo!" Yo era portador de dos linternas sordas y, en cuanto a Legrand, habíase contentado con el insecto, que llevaba pendiente de la extremidad de un bramante, haciéndole dar vueltas a cada momento, con cierto aire de encantador. Cuando observé este síntoma supremo de locura en mi pobre amigo, apenas pude contener las lágrimas, pero pensé que más valdría satisfacer su capricho, al menos por el momento, o hasta que pudiera adoptar algunas medidas enérgicas con probabilidades de éxito. Sin embargo, traté de sondear a mi amigo, aunque inútilmente, respecto al objeto de la expedición; había conseguido que le acompañara y parecía poco dispuesto a trabar conversación sobre un asunto de tan poca importancia. A todas mis preguntas sólo contestaba: "ya lo veremos".

Atravesamos en un bote la caleta que hay en la punta de la isla, y franqueando los terrenos montañosos de la orilla opuesta, nos dirigimos hacia el Noroeste, cruzando un país horriblemente salvaje y desolado, donde era imposible reconocer la menor huella humana. Legrand avanzaba resueltamente, deteniéndose sólo de vez en cuando para consultar ciertas indicaciones, hechas al parecer por él mismo algún tiempo antes.

Así anduvimos unas dos horas, y ya iba a ponerse el sol cuando penetramos en una región mucho

más siniestra que todo cuanto hasta entonces habíamos visto: era una especie de meseta situada cerca
de la cima de una montaña espantosamente escarpada, cubierta de bosques desde la base a la cumbre
y llena de enormes peñascos esparcidos al acaso,
muchos de los cuales se habrían precipitado sin duda
en los valles inferiores a no ser por los árboles en
que se apoyaban. Profundos barrancos, cortando el
terreno en diversos sentidos, comunicaban al conjunto cierto carácter de lúgubre solemnidad.

La plataforma natural a que habíamos trepado
estaba obstruida por las raíces, que al punto vimos
que sin la hoz no hubiera sido posible abrirnos paso.
Júpiter, obedeciendo a las órdenes de su amo, ocu-
póse en practicar una senda hasta el pie de un tulípero gigantesco que se elevaba, entre ocho o diez
encinas, en la plataforma; aventajaba a sus compañeros y a cuantos árboles había visto hasta entonces, no sólo por la belleza de su forma y de su follaje,
sino por el inmenso desarrollo de sus ramas, así como
por su aspecto majestuoso. Cuando llegamos al pie
de este árbol, Legrand se volvió hacia Júpiter y pre-
guntóle si se creía capaz de trepar. El viejo negro
pareció quedar aturdido al oír estas palabras y pasa-
ron algunos instantes sin que contestara, después
acercóse al enorme tronco, dio la vuelta alrededor y
examinóle con minuciosa atención. Terminado el
reconocimiento, limitóse a contestar simplemente:

—Sí, massa; Jup no ha visto árbol alguno al que
no pueda trepar.

—¡Vamos, pues, sube, y pronto! Dentro de poco
estará demasiado oscuro para ver lo que hacemos.

—¿Hasta dónde he de subir, massa? –preguntó Júpiter.

—Por ahora trepa al tronco; después te diré por dónde has de ir. ¡Ah!, ¡espera un instante! Coge el escarabajo.

—¡El escarabajo, massa! –gritó el negro retrocediendo de espanto– ¿Para qué he de llevarle al árbol? ¡Así me condene si lo hago!

—Jup, si tienes miedo, tú que eres tan corpulento y robusto, si te atemoriza tocar un pequeño insecto muerto e inofensivo, llévale con este bramante; si no lo tomas de un modo u otro, me veré en la dura necesidad de abrirte la cabeza con este azadón.

—¡Dios mío! –exclamó Júpiter, a quien la vergüenza hizo más complaciente–. Siempre inquieta usted a su pobre negro. Lo que he dicho es una broma; a mí no me atemoriza nada el escarabajo ni me da cuidado alguno.

Al decir esto cogió con precaución la extremidad del bramante y, manteniendo el insecto tan lejos de su persona como las circunstancias lo permitían, dispúsose a trepar por el árbol.

El tulípero o *Liriodendron Tulipeferum*, el árbol más magnífico que se encuentra en los bosques americanos, por lo menos en su juventud, tiene el tronco singularmente liso y elévase con frecuencia a gran altura sin ramas laterales; pero cuando llega a su madurez, la corteza se hace rugosa y desigual y de ella brotan pequeños rudimentos de ramas en gran número. Por eso la operación de escalarle era en aquel caso mucho menos difícil de lo que parecía. Júpiter, abarcando el enorme cilindro con brazos y rodillas, cogiéndose con las manos a varias ramas salientes y apoyando los pies en otras, subió hasta la primera bifurcación y entonces parecióle haber dado cima a su tarea. En efecto, lo más difícil estaba hecho ya, pues el buen Júpiter se hallaba a sesenta o setenta pies del suelo.

—¿Por qué lado he de ir ahora, massa Guillermo? –preguntó.

—Sigue siempre la rama más gruesa, la de este lado –contestó Legrand.

El negro obedeció prontamente y, al parecer, sin mucho trabajo; continuó subiendo más, hasta que al fin su cuerpo, recogido y agachado, desapareció en la espesura del follaje, quedando del todo invisible. Entonces oyóse su voz lejana que decía:

—¿He de subir más aún?

—¿A qué altura estás? –preguntó Legrand.

—A tal elevación –replicó Júpiter– que puedo ver el cielo a través de la cima del árbol.

—No te ocupes ahora del cielo –repuso mi amigo– y fija la atención en lo que voy a decirte. Mira el tronco y cuenta las ramas que hay debajo de ti por esta parte. ¿Cuántas has pasado?

—Una, dos, tres, cuatro, cinco; por aquí he pasado cinco ramas gruesas, massa.

—Entonces trepa a la siguiente.

A los pocos minutos oyóse de nuevo su voz, anunciando que acababa de alcanzar la séptima rama.

—Ahora, Jup –gritó Legrand, presa de una evidente agitación– es preciso que busques el medio de alcanzar por esa rama tanto como te sea posible, y si ves alguna cosa singular, dímelo.

Las pocas dudas que yo había tratado de conservar relativamente de la demencia de mi pobre amigo, desaparecieron del todo al oír lo que decía. No podía menos de considerarle como atacado de enajenación mental y comencé a inquietarme de veras sobre los medios de conducirle a la cabaña. Mientras meditaba lo que sería mejor hacer, oyóse de nuevo la voz de Júpiter.

—Temo mucho –decía– aventurarme demasiado lejos por esta rama, porque está muerta casi en toda su longitud.

—¿Has dicho que es una rama muerta, Júpiter? –preguntó Legrand con voz temblorosa por la emoción.

—Sí, massa, muerta como mi abuelo; está bien muerta y del todo seca.

—¿Qué haremos, en nombre del cielo? –exclamó Legrand, que parecía presa de una verdadera desesperación.

—¿Qué haremos? –repetí yo, satisfecho por tener aquella oportunidad de pronunciar una palabra razonable–. Lo mejor será volver a la cabaña y acostarnos; vamos, amigo mío, sea usted razonable; es tarde ya, y debe recordar su promesa.

—Júpiter –gritó Legrand sin hacer aprecio alguno de mis palabras–, ¿me oyes?

—Sí, massa Guillermo, le oigo perfectamente.

—Corta un poco de corteza con tu cuchillo y dime si está muy podrida.

—Sí, massa, bastante –contestó poco después el negro–; pero no tanto como podría estarlo. Me será posible avanzar un poco más por la rama, aunque para esto he de ir solo.

—¡Solo! ¿Qué quieres decir?

—Hablo del escarabajo, que es muy pesado; si le soltase, la rama me sostendría sin romperse.

—¡Grandísimo tunante! –gritó Legrand, que parecía haberse serenado– ¿Qué disparate estás diciendo? Si dejas caer el insecto te retorceré el cuello. ¡Atención, Júpiter! ¿Me oyes?

—Sí, massa; pero no debe usted tratar así a su pobre negro.

—¡Pues, bien, escúchame ahora! Si te aventuras en la rama todo cuanto puedas sin peligro y, sin soltar el escarabajo, te regalaré un dólar apenas bajes.

—Ya voy, massa Guillermo; ya llego –gritó a poco Júpiter–; estoy cerca de la extremidad.

—¡De la extremidad! –exclamó Legrand con acento más cariñoso–. ¿Lo dices de veras?

—Sí, señor, falta muy poco para llegar; pero... ¡oh, oh, oh! ¡Dios mío, misericordia! ¿Qué hay en el árbol?

—¿Qué es eso? –gritó Legrand en el colmo de la alegría.

—Pues nada menos que una calavera; alguno ha dejado la cabeza en el árbol y los cuervos se han comido toda la carne.

—¿Un cráneo, dices? ¡Muy bien! ¿Cómo está sujeto a la rama? ¿Cómo está retenido?

—¡Oh! Se halla bien asegurado, pero permítame usted mirar bien. ¡Ah! ¡Vaya una cosa rara! En la calavera hay un clavo muy grande que la sujeta al tronco.

—¡Muy bien! Ahora, Júpiter, haz exactamente lo que voy a decirte. ¿Me oyes?

—Sí, señor.

—Pues cuidado; busca el ojo izquierdo de la calavera.

—¡Oh, oh! Esto sí que es particular; no tiene ojo izquierdo.

—¡Maldito estúpido! ¿No sabrás distinguir la mano derecha de la izquierda?

—Sí, ya sé; mi mano izquierda es la que uso para cortar la leña.

—Porque serás zurdo; tu ojo izquierdo está en el lado de tu mano izquierda, y dicho esto supongo que pondrás encontrar el de la calavera, o más bien el sitio donde estaba. ¿Le has encontrado?

Hubo aquí una pausa larga, y al fin oímos a Júpiter que decía:

—Entiendo que el ojo izquierdo de la calavera ha de estar en el lado de la mano izquierda; pero aquí no hay manos... No importa; ya he hallado el ojo. ¿Qué se ha de hacer ahora?

—Introduce el escarabajo por el agujero y deja correr el bramante todo lo posible, pero cuidado con soltar la extremidad.

—Ya está hecho, massa Guillermo; era muy fácil pasar el escarabajo por el agujero; mire usted cómo baja.

Durante este diálogo, la persona de Júpiter había permanecido invisible; pero el insecto aparecía ahora en la extremidad del cordel, y brillaba como una bola de oro bruñido, iluminado por los últimos rayos del sol poniente, que también nos permitían ver un poco a nuestro alrededor. El escarabajo se deslizaba entre las ramas, y si Júpiter le hubiese soltado habría caído a nuestros pies. Legrand cogió al punto la hoz, segó las hierbas en un espacio circular de tres o cuatro varas de diámetro, precisamente debajo del insecto, y terminada la operación, ordenó a Júpiter que soltase la cuerda y bajara del árbol.

Con el más escrupuloso cuidado, mi amigo clavó en tierra una estaca, exactamente en el sitio donde el escarabajo había caído, sacó del bolsillo una cinta de medir, la sujetó por una extremidad en la parte del tronco del árbol más próximo a la estaca, y la desenrolló en la dirección dada por estos dos puntos en una distancia de cincuenta pies. Entretanto, Júpiter despejaba el terreno con la hoz. En el punto así hallado, mi amigo clavó una segunda estaca, y tomándola como centro, trazó toscamente un círculo de cuatro pies de diámetro poco más o menos; después empuñó una azada, y dándonos a Júpiter y a mí las otras dos, nos rogó que caváramos con toda la actividad posible.

A decir verdad, jamás había tenido yo afición a semejante ejercicio, y en aquel caso hubiera preferido ser mero espectador, pues la noche avanzaba y aquejábame ya algo la fatiga por efecto de nuestra excursión; pero no veía medio de sustraerme, y temí perturbar con una negativa la prodigiosa serenidad de mi pobre amigo. Si hubiera podido contar con el auxilio de Júpiter, no habría vacilado en conducir por la fuerza a su vivienda al pobre loco; mas conocía demasiado bien el carácter del anciano negro para esperar su ayuda en el caso de una lucha personal con su amo. No dudaba que Legrand tenía el cerebro alterado por alguna de las innumerables supersticiones del Sur relativas a los tesoros sepultados, y que su preocupación se alimentaba seguramente por el hallazgo del insecto, o tal vez por la obstinación de Júpiter en sostener que era un escarabajo de oro verdadero.

Una imaginación inclinada a la locura podía muy bien dejarse dominar por semejantes sugestiones, sobre todo si convenía con ideas favoritas preconcebidas; y por otra parte recordaba las palabras del pobre hombre cuando dijo que el escarabajo era "indicio de su fortuna". Acosábame la inquietud, y no sabía qué partido tomar; mas al fin resolví hacer de tripas corazón, como vulgarmente se dice, y cavar con la mejor voluntad, para convencer cuanto antes al visionario, por una demostración ocular, de lo absurdo de sus ensueños.

Encendidas las linternas, diose principio a la tarea con una animación y un celo dignos de mejor causa; y como la luz se reflejase en nuestras personas y en los útiles, no pude menos de pensar que formábamos un grupo verdaderamente pintoresco; y si alguien hubiera pasado casualmente por allí habría pensado que nos ocupábamos en un trabajo muy sospechoso.

Cavamos de firme durante dos horas, sin decir apenas una palabra; pero nos inquietaban los ladridos del perro, el cual parecía interesarse mucho en nuestro trabajo. Al fin alborotó de tal manera, que temimos alarmara a los merodeadores vagabundos que por allí pudiera haber, o más bien Legrand fue quien lo temió, pues yo me hubiera regocijado de toda interrupción que me hubiese permitido conducir a mi amigo a su cabaña. Por fin cesó el ruido, gracias a Júpiter, que lanzándose fuera del agujero con enojo y resolución, ató con una cuerda el hocico del perro, a guisa de bozal, y volvió a continuar su trabajo con una sonrisa de triunfo.

Al cabo de dos horas habíamos alcanzado una profundidad de cinco pies, sin que apareciera ningún indicio de tesoro. Hicimos una pausa, y yo esperaba que aquella comedia tocaría su fin; pero Legrand, aunque evidentemente muy desconcertado, enjugóse la frente con aire pensativo y empuñó de nuevo el azadón. El agujero ocupaba ya toda la extensión del círculo de cuatro pies de diámetro; traspasamos ligeramente este límite, y se cavó a la profundidad de dos pies más. Mi buscador de oro, a quien yo compadecía sinceramente, saltó por fin fuera del agujero con expresión desesperada y decidióse, poco a poco y como a su pesar, a recoger su casaca, de la cual se había despojado para trabajar. En cuanto a mí, guardéme bien de hacer ninguna observación. A una señal de su amo, Júpiter comenzó a recoger los útiles; después se desató la boca al perro, y emprendimos la marcha silenciosamente.

Apenas habíamos andado diez pasos, cuando Legrand, profiriendo una espantosa blasfemia, precipitóse sobre Júpiter y le cogió por el cuello. El pobre hombre, estupefacto por aquel ataque, abrió los ojos y la boca cuanto pudo, soltó los azadones y cayó de rodillas.

—¡Bribón! –gritó Legrand, rechinando los dientes–, ¡maldito negro, pícaro, tunante, habla, yo te lo mando, y sobre todo, no prevariques! ¿Cuál es tu ojo izquierdo?

—¡Misericordia!, massa Guillermo, ¿no es éste? –contestó Júpiter espantado, poniendo su dedo sobre el órgano "derecho" de la visión, y manteniéndole allí, cual si temiera que su amo se lo arrancase.

—¡Ya me lo temía yo, ya me lo temía! ¡Hurra! –gritó Legrand, soltando al negro, y ejecutando una serie de saltos y cabriolas, con no poco asombro de Júpiter, que al levantarse comenzó a mirarnos a su amo y a mí.

—Vamos –añadió mi amigo–, es preciso volver; aún no hemos perdido la partida.

Y emprendió de nuevo la marcha hacia el tulípero.

—Júpiter –dijo, cuando hubimos llegado al pie del árbol–, ven aquí. ¿Está el cráneo clavado en la rama con la cara vuelta hacia fuera o hacia el interior del árbol?

—Hacia fuera, massa, de modo que los cuervos han podido comerse los ojos sin la menor molestia.

—Muy bien; díme ahora si has hecho pasar el escarabajo por este ojo o por ése.

Y Legrand tocaba alternativamente los dos órganos de la visión de su criado.

—Por éste, señor, por el izquierdo, como usted me lo encargó.

Y Júpiter señalaba otra vez su ojo derecho.

—¡Vamos, vamos! Es preciso comenzar de nuevo.

Entonces mi amigo, en cuya locura veía yo, o creía ver, algunos indicios de método, cogió la estaca clavada en el sitio donde antes cayera el escarabajo, y fue a colocarla tres pulgadas más allá de su primera posición. Extendiendo otra vez su cuerda desde el punto más próximo del tronco hasta la estaca como lo había hecho antes, y desarrollándola en línea recta a la distancia de cincuenta pies, marcó un nuevo punto, distante algunas varas de aquel donde habíamos cavado al principio.

Alrededor de este nuevo centro, Legrand trazó un círculo un poco más grande que el primero, y acto continuo diose principio a la excavación. Yo estaba completamente rendido; pero sin darme cuenta de lo que producía un cambio en mi pensamiento, no experimentaba ya tan marcada aversión al trabajo que se me imponía; lejos de ello, me interesé en él inexplicablemente, y hasta me excitó. Tal vez hubiese en toda la extravagante conducta de Legrand cierto aire deliberado, cierta expresión profética que me impresionaron al fin. Cavé con ardimiento, y de vez en cuando buscaba con la vista, poseído de un sentimiento semejante a la esperanza, aquel tesoro imaginario, cuya visión había enloquecido a mi pobre compañero. En uno de los momentos en que más preocupado estaba, y cuando habíamos trabajado ya hora y media, interrumpiéronnos los fuertes ladridos del perro; su inquietud de antes no había sido evidentemente más que el resultado de un capricho o de una loca alegría, pero esta vez tenía un carácter más expresivo. En el instante en que Júpiter se esforzaba para sujetarle el hocico con un cordel, opuso una furiosa resistencia, y saltando al hoyo, comenzó a escarbar la tierra con una especie de frenesí. A los pocos segundos dejó descubierto un montón de osamentas humanas, que formaban dos esqueletos enteros, y, mezclados con varios botones de metal, unos fragmentos que nos parecieron de lana podrida y deshilachada. Dos o tres golpes de azadón hicieron saltar la hoja de un puñal de grandes dimensiones; seguimos cavando, y muy pronto vimos tres o cuatro monedas de oro y plata.

Júpiter no pudo contener su alegría; pero las facciones de su amo expresaban la más viva contrariedad. Sin embargo, suplicónos que persistiéramos en nuestros esfuerzos, y apenas acababa de hablar, tropecé y caí de bruces; la punta de mi bota se había enredado en un anillo de hierro, en parte oculto por la tierra.

Entonces proseguimos nuestro trabajo con el mayor ardimiento; jamás había pasado yo diez minutos poseído de tan viva exaltación; y durante este intervalo, desenterramos del todo un cofre de madera de forma oblonga, que, a juzgar por lo bien conservado que estaba y por su admirable dureza, debía haberse sometido a un procedimiento de mineralización, tal vez con bicloruro de mercurio. Aquel cofre medía tres y medio pies de longitud por tres de ancho, y dos y medio de profundidad, y estaba sólidamente protegido por placas de hierro forjado que formaban como una red. A cada lado del cofre, cerca de la tapa, veíanse tres argollas de hierro, por medio de las cuales hubieran podido llevarle seis personas. Todos nuestros esfuerzos reunidos no bastaron para arrancarle de su lecho, y al punto reconocimos la imposibilidad de cargar con tan enorme peso. Afortunadamente, la tapa no estaba sujeta más que por dos cerrojos, los cuales descorrimos, palpitantes de ansiedad. En el mismo instante ofrecióse a nuestra vista un tesoro deslumbrante, de incalculable valor; los rayos de luz de las linternas, reflejándose en el foso, hacían brotar de un confuso montón de oro y piedras preciosas mil relámpagos y fulgores que ofuscaban nuestra vista.

No trataré de describir los sentimientos que me agitaban al contemplar aquel tesoro, pero dominábame sobre todo el estupor. Legrand, desfallecido al parecer por su excitación misma, sólo pronunció algunas palabras, y en cuanto a Júpiter, su rostro palideció tan mortalmente como era posible en un negro; parecía petrificado, aturdido; pero arrodillándose muy pronto al pie de la fosa, sepultó en el oro sus brazos desnudos y dejólos allí largo tiempo cual si disfrutase de la voluptuosidad de un baño; después exhaló un profundo suspiro y murmuró, como hablando consigo mismo:

—¡Y todo esto viene del escarabajo de oro! ¡Precioso escarabajo! ¡Pobre insecto, al que yo injuriaba y calumniaba! ¿No te avergüenzas de ti, infame negro?

Fue preciso, sin embargo, despertar, por decirlo así, a mi amigo y a Júpiter, para hacerles comprender que urgía llevarnos el tesoro. Ya era tarde, y debíamos desplegar mucha actividad si se quería trasladarlo todo a casa antes de amanecer. No sabíamos qué partido tomar y se perdía mucho tiempo en deliberaciones, tanto era el desorden de nuestras ideas. Por último, se resolvió aligerar el cofre, sacando las dos terceras partes de su contenido, y así se pudo, aunque no sin trabajo, arrancarle de su agujero. Los objetos extraídos se colocaron entre la maleza, confiándolos a la custodia del perro, al que Júpiter recomendó enérgicamente que no se moviera de aquel sitio por ningún concepto, ni abriese la boca hasta nuestro regreso. Entonces emprendimos la marcha con el cofre y llegamos a la cabaña sin accidente, pero rendidos de cansancio; era la una de la madrugada y, como estábamos desfallecidos, se descansó hasta las dos; cenamos y nos dirigimos de nuevo a las montañas, provisto de tres grandes sacos que, por fortuna, Legrand conservaba en su vivienda. Un poco antes de las cuatro ya estábamos junto al foso, nos repartimos todo lo igual posible el resto del botín y, sin tomarnos la molestia de llenar el hoyo, emprendimos la vuelta: al rayar la aurora depositábamos por segunda vez la preciosa carga, quedando terminadas así nuestras operaciones.

Estábamos quebrantados, pero la profunda excitación nos impidió descansar: después de un sueño inquieto de tres o cuatro horas nos levantamos los tres, como de común acuerdo, para proceder al examen de nuestro tesoro.

El cofre estaba lleno hasta los bordes, y pasamos todo el día y la mayor parte de la noche sólo para inventariar su contenido. No se notaba orden alguno en la colocación; sin duda se había echado todo allí profusamente, pero después de hacer una clasificación minuciosa, nos encontramos con una fortuna que excedía por mucho nuestras esperanzas. Contábase en especies más de 450.000 dólares, calculando el valor de las piezas al tipo más bajo, según las tarifas de la época; no había ninguna partícula de plata; todo era oro antiguo, monedas francesas, españolas y alemanas, algunas guineas inglesas, y varias medallas en nada parecidas a las que habíamos visto hasta entonces. Encontramos, además, varias monedas muy grandes y pesadas, pero tan desgastadas ya, que no fue posible descifrar las inscripciones: no se halló ninguna americana. En cuanto a la apreciación de las alhajas, fue cosa más difícil: contamos hasta ciento diez diamantes, todos grandes, y algunos de ellos magníficos; había, además, dieciocho rubíes de notable brillo; trescientas diez esmeraldas, verdaderamente soberbias; veintiún zafiros, y un ópalo. Todas estas piedras preciosas se habían arrancado, al parecer, de sus monturas para echarlas confusamente en el cofre; éstas, que nosotros separamos del oro en moneda, parecían haber sido machacadas a martillazos, sin duda con el objeto de que no se pudieran reconocer. Además de todo esto, encontramos un considerable número de adornos de oro macizo: cerca de doscientos anillos o pendientes; magníficas cadenas, en número de treinta, si mal no recuerdo; ochenta y tres crucifijos muy grandes y pesados; cinco incensarios de oro de gran valor; una enorme ponchera del mismo metal, adornada de hojas de vid y figuras de bacantes muy bien cinceladas; dos empuñaduras de espada de exquisito trabajo, y una infinidad de otros artículos más pequeños, de los que ya no me acuerdo. El peso de todos estos objetos excedía de trescientas cincuenta libras, sin contar ciento noventa y siete relojes de oro magníficos, de los cuales tres valían por lo menos quinientos dólares cada uno. Varios de ellos eran antiguos y no tenían ningún valor como artículos de relojería, porque las máquinas se habían resentido más o menos de la acción corrosiva de la tierra; pero todos estaban ricamente adornados de piedras preciosas, y sólo las cajas representaban un gran valor. Aquella misma noche evaluamos el contenido total del cofre en millón y medio de dólares; pero más tarde, cuando realizamos el valor de las alhajas y de las piedras preciosas, después de guardar algunas para nuestro uso personal, reconocimos que habíamos hecho un cálculo demasiado bajo. Concluido al fin el inventario, y mitigada nuestra exaltación, Legrand, viendo que me impacientaba por conocer la solución de aquel prodigioso enigma, tuvo a bien detallar minuciosamente todas las circunstancias que a él se referían.

—¿Recuerda usted —me dijo— la noche que le enseñé el tosco bosquejo que había hecho del escarabajo? Sin duda no habrá olvidado que me asombró mucho su insistencia en sostener que mi dibujo se parecía al de una calavera. La primera vez que usted lo dijo, creí que chanceaba: después recordé las manchas particulares que el escarabajo tenía en el dorso, y reconocí que su observación no carecía de algún fundamento; pero su ironía, respecto a mis facultades gráficas, me irritó, pues se me consideraba como un artista regular, y cuando usted me entregó el pedazo de pergamino estuve a punto de estrujarlo, en un movimiento de cólera, y arrojarlo al fuego.

—Supongo que se refiere usted al pedazo de "papel" —repuse yo.

—Sí: parecía papel, en efecto, y yo mismo lo tomé al principio como tal, pero cuando quise dibujar en él, reconocí al punto que era un pedazo de pergamino muy delgado. Recordará usted que estaba muy sucio; en el momento mismo en que iba a estrujarlo, mis ojos se fijaron en el dibujo, y ya comprenderá usted cuál fue mi asombro al distinguir la imagen positiva de una calavera en el mismo sitio en donde yo creía haber dibujado un insecto. En el primer momento quedé tan aturdido, que no pude reflexionar con acierto; sabía que mi croquis se diferenciaba de aquel nuevo dibujo por todos sus detalles, aunque hubiese cierta analogía en el contorno general; y entonces tomé la luz, fui a sentarme al otro lado de la habitación, y analicé más atentamente el pergamino. Al volverme vi mi propio dibujo en el reverso, exactamente como lo había trazado; mi primera impresión fue la sorpresa, pues noté una analogía verdaderamente notable en el contorno, y era singular coincidencia que la imagen de una calavera, desconocida para mí, ocupase el otro lado del pergamino, al dorso de mi diseño, asemejándose tan exactamente a este último, no solamente por el contorno, sino también por la dimensión. Digo que la singularidad de aquella coincidencia me aturdió por de pronto, como suele suceder en semejantes casos, porque el espíritu se esfuerza en establecer una relación, un enlace de causa y efecto, y siendo impotente para conseguirlo, sufre una especie de parálisis momentánea. Sin embargo, cuando me recobré de mi estupor, vigorizóse en mi ánimo poco a poco una convicción que me admiró casi tanto como aquella

coincidencia: comencé a recordar distinta y positivamente que no había ningún dibujo en el pergamino cuando yo hice mi diseño del escarabajo, y mi
certidumbre era tanto mayor cuanto que me acor-
daba de haberle vuelto por uno y otro lado para
buscar el espacio más limpio. Si la calavera hubiese
sido visible, me habría llamado la atención infali-
blemente; en esto había un misterio que me juzgué
incapaz de descifrar; pero desde aquel momento,
parecióme que se hacía ya una débil claridad en las
regiones más profundas y secretas de mi entendimiento, una especie de gusano de luz intelectual,
una concepción embrionaria de la verdad, de la cual
hemos tenido tan magnífica demostración la otra
noche. Me levanté resueltamente, guardé con mucho
cuidado el pergamino y suspendí toda reflexión hasta el momento en que pudiera estar solo.

Apenas se marchó usted, y cuando Júpiter estuvo bien dormido, me entregué a una investigación
más metódica de la cosa; por lo pronto, quise explicarme de qué modo había caído en mis manos aquel
pergamino. El sitio en donde encontramos el escarabajo se halla en la costa del continente, como a
una milla al este de la isla, pero a corta distancia
más arriba del nivel de la alta marea; cuando cogí
el insecto, me mordió con fuerza y le solté; pero
Júpiter, con su acostumbrada prudencia, antes de
poner la mano sobre el escarabajo, que voló hacia
el negro, buscó a su alrededor una hoja o alguna cosa
análoga para cogerle. En aquel momento fue cuando su mirada y la mía se fijaron en el pedazo de pergamino, que yo tomé entonces por papel; estaba

medio sepultado en la arena, con una punta fuera, y cerca del sitio donde le hallamos vi los restos del casco de una embarcación grande, restos de naufragio que sin duda estaban allí hacía mucho tiempo, pues apenas podía reconocerse ya la forma de la construcción.

Júpiter recogió el pergamino, envolvió el insecto y me lo dio. Poco después nos dirigíamos hacia la cabaña; encontré al teniente G..., le enseñé el insecto y me rogó que le permitiera llevarlo al fuerte; consentí en ello y lo guardó en el bolsillo de su chaleco sin el pergamino, el cual conservaba yo en la mano mientras que G... examinaba el insecto. Tal vez temió que yo cambiara de parecer, y juzgó prudente asegurar por lo pronto el escarabajo, pues ya sabe usted que enloquece por la historia natural y cuanto a ella se refiere. Es evidente que entonces, y sin pensar, me guardé el pergamino en el bolsillo.

Ya recordará usted que cuando me senté a la mesa para hacer un diseño del escarabajo no encontré papel en el sitio donde se suele poner; registré el cajón inútilmente, y buscando después en los bolsillos alguna carta vieja, mis dedos tocaron el pergamino. Detallo minuciosamente todas las circunstancias que lo pusieron en mis manos, porque estas circunstancias me preocuparon después singularmente.

Sin duda me tendrá usted por visionario; pero advierta que yo había establecido ya una especie de conexión, uniendo dos anillos de una gran cadena: un barco destrozado en la costa y no lejos un pergamino, "no un papel", con la imagen de una calavera. Naturalmente, podría usted preguntarme dónde está la conexión; pero a esto contestaría que el cráneo o la calavera es el emblema bien conocido de los piratas, que en todos sus combates izan el pabellón con esa fúnebre insignia.

Le he dicho a usted que era un pedazo de pergamino y no de papel; el primero es una cosa duradera, cosa indestructible, y rara vez se escoge para documentos de poca importancia, puesto que satisface mucho menos que el papel las necesidades ordinarias de la escritura y del dibujo. Esta reflexión me indujo a pensar que debía haber en la calavera algún sentido singular, y no dejó de llamarme también la atención la forma del pergamino. Aunque estuviese destruida una de sus puntas por algún accidente, reconocíase que su primitiva figura debió ser oblonga; era una de esas fajas que se eligen para escribir, para extender un documento importante, o una nota que se trate de conservar largos años.

—Pero –interrumpí yo–, usted dice que el cráneo no estaba en el pergamino cuando dibujó el escarabajo, y siendo así, ¿cómo ha podido establecer una relación entre el barco y la calavera, puesto que esta última, según su propia confesión, se debió dibujar Dios sabe cómo y por quién posteriormente a su croquis del insecto?

—¡Ah!, en esto estriba todo el misterio, aunque me costó poco, relativamente, resolver este punto del enigma. Mi método era seguro, no podía conducirme sino a un resultado, y yo razoné así: cuando dibujé mi escarabajo no había señal ninguna de cráneo en el pergamino; terminado mi diseño, se lo entregué a usted, sin perderle de vista hasta que me lo devolvió, y por consiguiente, no era usted quien dibujó la calavera, ni tampoco se hallaba allí ninguna otra persona que lo hiciese. No se había creado, pues, por la acción humana, y sin embargo, la calavera estaba allí.

Llegado a este punto de mis reflexiones, me esforcé para recordar, y rememoré con toda exactitud los incidentes ocurridos en el intervalo en cuestión. La temperatura era baja (feliz casualidad) y en la chimenea ardía un buen fuego; yo tenía bastante calor, gracias al ejercicio, y me senté junto a la mesa, mientras que usted acercó su silla a la chimenea. En el momento de entregarle el pergamino, y cuando usted iba a examinarle, mi perro, Wolf, entró y se le echó encima, como de costumbre: usted le acariciaba con la mano izquierda, procurando apartarle, y dejaba pendiente la derecha, la que tenía el pergamino entre sus rodillas y el fuego. Por un momento creí que la llama le alcanzaría, e iba a decirle a usted que tuviese cuidado, pero retiró el brazo antes de que yo pudiera hablar y dio usted principio a su examen. Cuando hube tomado en consideración todas estas circunstancias, no dudé un momento que el calor fuera el agente que había hecho aparecer en el pergamino la calavera cuya imagen veía. Ya sabe usted que hay, y hubo en todo tiempo, preparados químicos por medio de los cuales se pueden trazar en el papel o en la vitela caracteres que no son visibles sino cuando se someten a la acción del fuego. Algunas veces empléase el zafre desleído en agua regia primero y después en una cantidad de agua común cuatro veces mayor, de lo cual resulta un tinte verde; el régulo de cobalto, disuelto en espíritu de nitro, da un color rojo, y tanto éste como aquél desvanécense durante más o menos tiempo después de haberse enfriado la sustancia con que se escribió; pero reaparecen a voluntad por la nueva aplicación del calor.

Entonces examiné la calavera con el mayor cuidado: los contornos exteriores, o sea los más inmediatos al borde del pergamino, se distinguían mucho mejor que los otros, y como esto demostraba evidentemente que la acción del calórico había sido imperfecta o desigual, encendí al punto fuego y sometí cada parte a un calor abrasador. Al principio, esto no produjo más efecto que reforzar las líneas algo pálidas de la calavera; pero continuando la operación vi aparecer en el ángulo de la faja, diagonalmente opuesto a aquel en que se había trazado la calavera, una figura que me pareció ser la de una cabra; un examen más atento me permitió convencerme de que se había querido dibujar un cabrito.

—¡Ah, ah! –exclamé yo–; no tengo derecho a burlarme de usted, pues millón y medio de dólares no es cosa para chancearse; pero supongo que no tratará usted de agregar un tercer anillo a su cadena, pues no hallará relación alguna especial entre sus piratas y una cabra. Sabido es que los piratas no tienen nada que ver con estos animales.

—¿No acabo de manifestarle que la figura no era la de una cabra?

—¡Bien!, vaya por el cabrito, pero es casi la misma cosa.

—Casi, mas no del todo –replicó Legrand–. Tal vez haya usted oído hablar de cierto capitán Kidd: yo consideré al punto la figura del animal como una especie de firma logográfica o jeroglífica *(Kid* cabrito), y digo firma, porque el lugar que ocupaba en el pergamino sugería naturalmente esta idea. En cuanto a la calavera, situada en el ángulo diagonalmente opuesto, parecía un sello o estampilla, pero quedé desconcertado por la falta del cuerpo mismo de mi documento, es decir, el texto.

—Presumo que esperaba usted encontrar una carta entre el timbre y la firma.

—Alguna cosa así. El hecho es que me dominó irresistiblemente el presentimiento de que me hallaba a punto de adquirir una inmensa fortuna. No sabría decirle a usted por qué; bien mirado, quizá era más bien un deseo que una creencia positiva; pero le aseguro que la absurda frase de Júpiter, cuando dijo que el escarabajo era de oro, influyó singularmente en mi imaginación. Por otra parte, esa serie de coincidencias era en realidad extraordinaria. ¿Ha observado usted todo cuanto hay de fortuito en el asunto? Ha sido necesario que todos esos incidentes ocurrieran en el único día del año que fue lo bastante frío para que se necesitara encender fuego, sin el cual, y a no mediar la intervención del perro en el preciso momento en que se presentó, jamás hubiera tenido yo conocimiento de la calavera, ni poseído, por lo tanto, ese rico tesoro.

—Adelante, adelante, que estoy en brasas.

—¡Pues bien!, usted tendrá sin duda conocimiento de muchas historias que circulan, de mil rumores vagos referentes a tesoros escondidos en algún punto de la costa del Atlántico por Kidd y sus asociados; todos estos rumores debían tener algún fundamento, y el hecho de que persistieran tantos años probaba, en mi opinión, que el tesoro continuaba sepultado. Si Kidd hubiera escondido su botín durante cierto tiempo y le hubiese recobrado después, esos rumores no habrían llegado sin duda hasta nosotros bajo su forma actual e invariable. Advierto a usted que en las citadas historias se habla siempre de pesquisas y no de tesoros encontrados. Si el pirata hubiese recogido su dinero ya no se hubiera hablado más del asunto. Parecíame que algún accidente, como por ejemplo la pérdida de la nota que indicaba el lugar preciso en que el tesoro se hallaba, pudo privarle de los medios de encontrarlo; supuse también que este accidente, habiendo llegado a conocimiento de sus compañeros, les induciría a practicar investigaciones infructuosas por carecer de los datos necesarios, y que esto dio origen a los rumores y cuentos. ¿Ha oído usted hablar alguna vez de un importante tesoro descubierto en la costa?

—Jamás.

—Es notorio, sin embargo, que Kidd había acumulado inmensas riquezas; yo consideraba como cosa segura que la tierra las guardaba aún y no se sorprenderá usted mucho de que yo abrigara aún esperanza, sí; una esperanza que llegaba casi a la certidumbre, y era que el pergamino tan sencillamente hallado contendría la indicación desaparecida del lugar donde se hizo el depósito.

—Pero, ¿cómo ha procedido usted?

—Sometí otra vez el pergamino al fuego, después de aumentar el calor; pero como no apareciese cosa alguna, pensé que la capa de grasa podría ser muy bien el motivo del mal resultado; entonces lo limpié cuidadosamente, vertiendo encima agua en ebullición, lo coloqué en una cacerola de hoja de lata y puse esta última en un hornillo con bastante fuego. A los pocos minutos la cacerola se había calentado, retiré el pergamino, y observé con indecible alegría que presentaba en varios sitios unas señales análogas a cifras dispuestas en línea. Volví a colocar mi documento en la cacerola, lo dejé en ella un minuto más, y cuando lo saqué estaba exactamente como va usted a verlo.

Así diciendo, Legrand calentó de nuevo el pergamino y lo sometió a mi examen. Así pude ver los siguientes caracteres en rojo, toscamente trazados entre la calavera y la figura del cabrito:

53 ‡‡ + 305)) 6* ; 4826) 4 ‡ .) 4 ‡) ; 806.*
; 48 + 8960)) 85 ; 1 ‡ (; : ‡ * 8 + 83 (88) 5* +
; 46 (88 ;* 96 * ? ; 8) * ‡ (; 485) ; 5 * + 2 : * ‡
(; 4956 * 2 (5 * – 4) 898 * ; 4069285) ; 6 + 8)
4 ‡‡ ; 1 (‡ 9 ; 48081 ; 8 : 8 ‡ 1 ; 48 + 85 ; 4)
485 + 52880681 (‡ 9 ; 48 ; (88 ; 4 (‡ ? 34
; 48) 4 ‡ ; 161 ; : 188 ; ‡ ? ;

—Pero –dije yo devolviendo a Legrand el pergamino–, ¿qué diablos es esto? Maldito si lo entiendo. Si me hubieran de dar todos los tesoros de Golconda por la solución de este enigma, estoy seguro que no los adquiriría.

—Y sin embargo –repuso Legrand–, la solución no es seguramente tan difícil como cualquiera podría creerlo a primera vista. Esos caracteres, como es fácil adivinar, forman una cifra, es decir, tienen un sentido; pero a juzgar por lo que sabemos de Kidd, yo no debía suponerlo capaz de confeccionar una muestra de criptografía muy abstrusa. Supuse, desde luego, que esto era una especie sencilla, por más que a un tosco marino le pudiese parecer insoluble sin la clave.

—¿Y ha resuelto usted ese enigma realmente?

—Con mucha facilidad, y he resuelto otros mil veces más complicados. Las circunstancias y cierta inclinación de espíritu, me han conducido a interesarme en esa especie de enigmas, y es verdaderamente dudoso que el genio humano pueda inventar uno tan difícil en ese género que su solución no esté también al alcance de otro ingenio, si hace un profundo estudio. En consecuencia, cuando hube conseguido establecer una serie de caracteres legibles, ni siquiera pensé que pudiera ser difícil hallar la significación. En el caso actual, así como en todos los de escritura secreta, lo primero que se ha de buscar es el "idioma" de la cifra, pues los principios de solución, particularmente cuando se trata de las cifras más sencillas, dependen del genio o de la índole de cada lengua y pueden modificarse. Por regla general, no hay más remedio que tantear sucesivamente, guiándose de las probabilidades, todos los idiomas que uno conozca, hasta que se encuentre el bueno, es decir, el que da la cifra, pero en el presente, toda la dificultad en este punto quedaba resuelta por la firma. El jeroglífico sobre la palabra *Kidd* no es posible sino en la lengua inglesa; a no mediar esta circunstancia, habría comenzado mis ensayos por el español y el francés, por ser los idiomas que un pirata de aguas españolas debía haber empleado naturalmente para guardar su secreto; pero en nuestro caso me pareció que el criptograma debía de ser inglés.

Observará usted que no hay espacios entre las palabras; si hubiesen existido, el trabajo se habría simplificado mucho; entonces hubiera comenzado por hacer un análisis de las palabras más cortas, y me bastaba encontrar, como siempre es probable, una palabra de una sola letra, *a* o *I* (un, yo), por ejemplo, para considerar la solución como resuelta; pero no habiendo espacios, érame preciso ante todo buscar las letras predominantes, así como las que se encuentran en menor número.

Las conté todas y formé la siguiente nota:

La cifra	8	se encuentra	33	veces.
"	;	"	26	"
"	4	"	19	"
"	+ y)	"	16	"
"	*	"	13	"
"	5	"	12	"
"	6	"	7	"
"	+ y 1	"	11	"
"	0	"	8	"
"	9 y 2	"	6	"
"	: y 3	"	5	"
"	?	"	4	"
"	1	"	3	"
"	— y	"	2	"

Ahora bien, la letra que en inglés se halla más a menudo, es la *e*; las demás se siguen en este orden: *a o i d h n r s t v y c f g l m w b k p q x z*.

La *E* predomina tan singularmente, que es raro encontrar una frase de cierta longitud en que no figure con cáracter principal.

Tenemos, pues, al comenzar, una base de operaciones que nos ofrece algo más que simples conjeturas. Evidente es el uso general que de esta nota podemos hacer; mas para esa cifra particular no nos servirá de mucho. Siendo la cifra predominante el 8, la tomaremos por la *e* del alfabeto natural; y para comprobar esta suposición, veamos si el 8 es a veces doble, pues la *e* se duplica muy a menudo en inglés, como, por ejemplo, en las palabras "meet, fleet, seen, been, agree", etc. En el caso presente vemos que el 8 es doble cinco veces, a pesar de ser muy corto el criptograma.

En consecuencia, esa cifra representará la e. Sentado esto, como de todas las palabras de la lengua, la más usada es *the*, debemos ver si se encontrará repetida varias veces la misma combinación de tres caracteres, siendo el 8 el último de ellos, y si hallamos repeticiones de ese género, representarán muy probablemente la palabra *the* (él o la). Hecha la comprobación, resulta que la encontramos siete veces, siendo los signos ;48. Podemos suponer, por lo tanto, que ; representa la *t*, el 4 la *h* y el 8 la *e*: el valor de esta última se halla además confirmado de nuevo, y con esto hemos dado un gran paso.

Sólo se ha determinado una palabra, pero ésta nos proporciona un dato mucho más importante:

conocer el principio y la terminación de otras palabras. Veamos, por ejemplo, el penúltimo caso en que
se presenta la combinación ;48, casi al fin de la cifra;
sabemos que el ; que sigue inmediatamente es el principio de una palabra, y de los seis caracteres que se
hallan después del *the,* conocemos ya cinco.
Sustituyamos ahora estos caracteres por las letras que
representan, dejando un espacio para el desconocido

t eeth

Por lo tanto debemos separar el *th,* por no poder
formar parte de la palabra que comienza por la primera *t,* pues vemos, probando sucesivamente todas
las letras del alfabeto para llenar el blanco, que es
imposible formar una palabra en que figure la *th.*
Reduzcamos, pues, nuestros caracteres a

t ee,

y recorriendo de nuevo todo el alfabeto, si es necesario, resultará que la palabra *tree* (árbol), es la única versión posible. Así obtenemos una nueva letra,
la *r,* representada por (, y además dos palabras jun-
tas, *the tree* (el árbol).

Un poco más lejos encontramos la combinación
;48, de la cual nos servimos como determinación de
lo que precede, lo cual nos da lo siguiente:

(+
the tree ; 4 (+ ? 34 the,

o sustituyendo a los caracteres las leyes naturales que conocemos,

+

the tree thr + ? 3 h the

Si los caracteres desconocidos se reemplazan ahora con blancos o puntos, resultará:

the tree thr... h the

desprendiéndose de aquí por sí misma la palabra *through* (por, a través): este descubrimiento nos da tres letras más,

+

o u g, representadas por + 2 y 3

Busquemos ahora atentamente en el criptograma combinaciones de caracteres conocidos, y se hallará no lejos del principio la combinación siguiente:

83) 88 , o *egree*

que es evidentemente la terminación de la palabra *degree* (grado), que nos da además otra letra más, la *d,* representada por + ·

Cuatro letras más allá de la palabra *degree* se halla la combinación

; 46) ; 88 ,

cuyos caracteres conocidos traduciremos, representando el incógnito por un punto. Esto nos dará

th . rtee ,

Combinación que nos sugiere desde luego la palabra *thirteen* (trece), y nos da dos nuevas letras *i* y *n* representadas por 6 y *.

53

Volvamos ahora al principio del criptógrama; vemos la combinación

$$53 \quad \overset{+\,+}{\underset{+\,+}{+}} \quad ,$$

que traducido como ya lo hemos hecho nos da

good

lo cual nos demuestra que la primera letra es una a, y que las dos primeras palabras significan *a good* (un buen, o una buena).

Para evitar toda confusión, convendrá ahora apuntar nuestros descubrimientos en forma de tabla, lo cual nos dará un principio de clave:

5	representa	a
+	"	d
8	"	e
3	"	g
4	"	h
6	"	i
*	"	n
+	"	o
(	"	r
;	"	t
?	"	u

Tenemos, pues, diez de las letras más importantes, y creo inútil proseguir la solución con todos sus detalles. Ya le he dicho a usted lo suficiente para convencerle de que las cifras de esta naturaleza son fáciles de explicar y para darle idea del análisis razonado que sirve para desenredarlas; pero tenga por cierto que la presente muestra es una de las más sencillas de la criptografía. Réstame sólo ahora darle a usted la traducción completa del documento, como si hubiéramos descifrado sucesivamente todos los caracteres. Hela aquí:

A good glass in the bishop's hostel in the devil's seat fortyone degrees and thirteen minutes northeast and by north main branch seventh limb east shoot from the left eye of the death'head a bee line from the tree through the shot fifty feet out.

(Un buen cristal en el palacio del obispo en la silla del diablo cuarenta y un grados y trece minutos Nordeste cuarto al Norte principal tronco rama séptima lado Este tírese desde el ojo izquierdo de la calavera una línea a plomo desde el árbol a través de la bala cincuenta pies fuera.)

—Pero –dije yo– el enigma me parece tan oscuro como antes. ¿Qué sentido se puede encontrar en toda esa jerigonza de "silla del diablo, calavera y palacio del obispo?".

—Convengo en que la cosa parece muy embrollada a primera vista –replicó Legrand–. Lo primero que hice fue buscar en la frase las divisiones naturales que estaban en el espíritu del que escribió el documento.

—¿Quiere usted decir la puntuación?

—Eso es.

—Pero, ¿cómo diablos lo ha hecho usted?

—Reflexioné que el escritor se impuso como regla reunir sus palabras sin división alguna, como para que fuera más difícil la solución. Ahora bien, el hombre que no sea muy sutil se inclinará casi siempre, en semejante caso, a traspasar los límites comunes: cuando en el curso de su escrito llega a una interrupción del sentido, que naturalmente exigiría una pausa o un punto, tiene empeño en estrechar los caracteres más que de costumbre; y si usted examina el documento, reconocerá usted con facilidad que hay acumulación de caracteres en cinco partes.

—Un buen cristal en el palacio del obispo, en la silla del diablo –cuarenta y un grados y trece minutos – Nordeste cuarto al norte – tronco principal de la séptima rama del lado Este – tírese desde el ojo izquierdo de la calavera – una línea a plomo desde el árbol a través de la bala cincuenta pies fuera.

—A pesar de esa división –repliqué– me quedo a oscuras.

—Lo mismo me sucedió a mí durante algunos días –repuso Legrand–. En ese tiempo practiqué muchas investigaciones en la inmediación de la silla de Sullivan respecto a un edificio que debía llamarse "Palacio del Obispo", pues no hice aprecio de la antigua ortografía de la palabra "hostel"; y no habiendo obtenido dato alguno, disponíame a ensanchar la esfera de mis pesquisas para proceder de una manera más sistemática, cuando cierta mañana recordé repentinamente que el Palacio del Obispo *(Bishop's hostel)* podría referirse muy bien a una antigua familia apellidada Bessop que desde tiempo inmemorial poseía un antiguo castillo situado a unas cuatro millas al norte de la isla. En consecuencia, fui a la plantación e hice varias preguntas a los negros más ancianos de la localidad; entre ellos encontré una vieja que me aseguró haber oído hablar de un sitio conocido con el nombre de *Besshop's castle* (Castillo de Besshop), añadiendo que podría conducirme, pero que aquello no era castillo ni posada, y sí sólo era una roca grande.

Le ofrecí pagar bien la molestia y después de vacilar un poco consintió en acompañarme hasta el sitio. Pronto divisamos la roca sin mucha dificultad, y habiendo despedido a mi guía comencé a examinar aquel paraje. El tal castillo reducíase a un conjunto irregular de picos y rocas, una de las cuales era tan notable por su altura como por su aislamiento y configuración casi artificial; trepé a la cima, y al llegar a ella vime algo apurado sobre lo que debía hacer.

Cuando reflexionaba sobre esto, mis miradas se fijaron en una estrecha saliente del lado oriental de la roca, como a una vara bajo el sitio donde me había colocado; esta saliente, proyectándose a unas dieciocho pulgadas, apenas tenía más de un pie de anchura y una especie de nicho socavado en el pico comunicábale tosca semejanza con las sillas de respaldo cóncavo usadas por nuestros antecesores. No dudé que aquella fuese la "Silla del Diablo" de que se hacía mención en el manuscrito, y parecióme que ya tenía todo el secreto del enigma.

Ya sabía yo que el "buen cristal" no podía significar otra cosa sino un anteojo de larga vista, pues rara vez emplean nuestros marinos esta palabra en otro sentido, y al punto comprendí que era preciso servirse en este lugar de un anteojo, colocándose en sitio determinado, "sin admitir ninguna variación". Ahora bien: las frases "cuarenta y un grados y trece minutos" y "Nordeste cuarto al Norte" debían indicar la dirección que era preciso dar al anteojo; sobre esto no vacilé un instante; y muy preocupado por tales descubrimientos, corrí a mi casa en busca de un anteojo y volví a la roca.

Deslizándome sobre la cornisa, eché de ver que no era posible estar sentado sino en cierta posición, y el hecho confirmó mis conjeturas. Entonces me pareció necesario servirme del anteojo, pensando en que los "cuarenta y un grados y trece minutos" no podían referirse, naturalmente, sino a la elevación sobre el horizonte sensible, puesto que la dirección horizontal estaba claramente indicada por las palabras "Nordeste y cuarto al Norte". Sirviéndome de una brújula de bolsillo, busqué esta dirección, y después, apuntando con toda la exactitud posible por aproximación a un ángulo de cuarenta y un grados de altura, le moví cuidadosamente de arriba a abajo y viceversa hasta que mi atención se fijó en una especie de agujero circular o de claraboya practicado en el follaje de un corpulento árbol que dominaba a todos los demás en la extensión visible. En el centro de aquel agujero divisé un punto blanco, mas al pronto no pude distinguir lo que era; después de ajustar el foco de mi anteojo, miré de nuevo y pude asegurarme al fin que era un cráneo humano.

Este descubrimiento me infundió la mayor confianza, y desde aquel instante consideré el enigma resuelto, pues la frase "tronco principal, séptima rama, lado Este", no podía referirse sino a la posición del cráneo en el árbol; y la otra: "tírese desde el ojo izquierdo de la calavera", no admitía tampoco más que una interpretación, tratándose de buscar un tesoro escondido.

—Todo eso –dije yo– es sumamente claro, a la vez que ingenioso, sencillo y explícito. ¿Y qué hizo usted después de retirarse del "Palacio del Obispo"?

—Después de observar cuidadosamente mi árbol, su forma y su posición, volví a casa. Apenas hube bajado de la "Silla del Diablo", el agujero circular desapareció, y desde ninguna parte me fue entonces posible verle. Esto es lo que me parece más ingenioso en toda esta combinación, el hecho de que la abertura circular (he repetido la prueba varias veces y me he convencido de ello) no es visible sino desde un punto, desde la estrecha cornisa que hay en el flanco de la roca.

En esa expedición al "Palacio del Obispo" habíame seguido Júpiter, que había observado sin duda algunas semanas mi continua preocupación y tenía el mayor cuidado de no dejarme solo; pero al día siguiente me levanté muy temprano, pude escaparme, y corrí a las montañas en busca de mi árbol. Cuando volví a casa por la noche, Júpiter se disponía a darme una paliza; del resto de la aventura no necesito hablar, pues presumo que está usted tan bien informado como yo.

—Supongo –dije– que al practicar nuestras primeras excavaciones equivocaría usted el sitio por la torpeza de Júpiter, que dejó caer el escarabajo por el ojo derecho del cráneo, en vez de hacerlo por el izquierdo.

—Precisamente, de ese error resultaba una diferencia de dos pulgadas y media, poco más o menos, relativamente a la "bala", es decir, a la posición de la estaca junto al árbol; si el tesoro hubiera estado

en el lugar que aquélla señalaba, este error no habría
tenido importancia; pero la "bala" y el punto más
próximo del árbol sólo servían para establecer una
línea de dirección y, naturalmente, el error, muy ligero al principio, aumentaba en proporción a la longitud de dicha línea, de modo que cuando hubimos
llegado a una distancia de cincuenta pies, tenía ya
grandes proporciones. Sin la idea fija que me dominaba, y la seguridad de que había por allí positivamente algún tesoro oculto, hubiéramos perdido todo
nuestro trabajo.

—¿Pero qué significaban el énfasis de usted, su
actitud solemne cuando balanceaba el escarabajo y
todas sus extravagancias? Creí que estaba usted verdaderamente loco. Tampoco me explico su empeño
de hacer pasar por la calavera el insecto en vez de una
bala.

—¡Pardiez! Si he de ser franco, le diré que me tenían
algo picado sus sospechas respecto al estado de mi
espíritu, y resolví castigarle tranquilamente, a mi
modo, haciendo un poco de comedia. He aquí por
qué balanceaba el escarabajo y quise dejarle caer desde lo alto del árbol. La observación que usted me hizo
sobre su peso singular me sugirió esta idea.

—Sí, ya comprendo; y ahora sólo queda un punto por explicar. ¿Qué diremos de los esqueletos halla-
dos en el agujero?

—¡Ah! Esta es una cuestión que no podría resolver mejor que usted; sólo veo una manera plausible
de explicarla, y mi hipótesis implica una atrocidad
tal, que es horrible creer en semejante hecho. Claro
está que Kidd –pues yo no dudo que fue él quien

escondió el tesoro– debió buscar auxiliares que le ayudaran en su trabajo, pero terminado éste, juzgó oportuno suprimir a los que poseían su secreto. Dos golpes de azadón, descargados cuando sus ayudantes se hallaban aún en la fosa, fueron tal vez suficientes para ello, o quizá necesitara una docena. ¿Quién nos lo diría?

El jugador de ajedrez de Maelzel

Ninguna exhibición de mismo género ha excitado jamás tanto la atención pública como *El jugador de ajedrez* de Maelzel. Por donde quiera que se ha dejado ver, ha sido objeto de intensa curiosidad para todas las personas que piensan. Con todo, aún no está resuelta la cuestión del *modus operandi*. Nada se ha escrito sobre este asunto que pueda ser considerado como decisivo. En efecto, en todas partes encontramos hombres dotados del genio de la mecánica, favorecidos con una perspicacia general muy grande y con un raro discernimiento, que no vacilan en declarar que el autómata en cuestión es *una pura máquina*, cuyos movimientos no tienen relación alguna con la acción humana y que es, por consiguiente, sin comparación alguna, la más asombrosa de todas las invenciones humanas. Y esta conclusión sería irrefutable (confesémoslo) si la proposición que la precede fuese justa y plausible. Si adoptásemos su hipótesis, sería verdaderamente absurdo comparar con el *Jugador de ajedrez* a cualquier otro individuo análogo, sea de los tiempos antiguos, sea de los tiempos modernos. Sin embargo, han existido muchos autómatas y de los más sorprendentes. En las cartas de Brewster sobre *La magia natural*, encontramos una lista de los más notables. Entre éstos, se puede citar primeramente, como que existió positivamente, la carroza inventada por M. Camus para entretenimiento de Luis XIV, entonces niño. Una mesa que tenía aproximadamente cuatro pies cuadrados, estaba colocada en la habitación destinada al experimento. Sobre esta mesa se había instalado una carroza de seis pulgadas de largo, de madera, y arrastrada por dos caballos hechos de la misma materia. Bajada una vidriera, se distinguía una dama en la banqueta posterior. Sobre el pescante, un cochero sujetaba las riendas y, por detrás, un lacayo y un paje ocupaban sus puestos ordinarios. M. Camus tocaba entonces un resorte, inmediatamente el cochero hacía restallar el látigo y los caballos marchaban a paso natural al borde de la mesa, arrastrando la carroza tras de sí. Después de llegar todo lo lejos posible en ese sentido, operaban bruscamente una vuelta hacia la izquierda y el vehículo reanudaba su marcha en ángulo recto, siempre a lo largo del borde extremo de la mesa. La carroza continuaba así hasta que había llegado frente al sillón ocupado por el joven príncipe. Allí se detenía; el paje descendía y abría la portezuela; la dama se apeaba y presentaba un mensaje a su soberano, luego volvía a subir; el paje levantaba el estribo, cerraba la portezuela y volvía a su puesto; el cochero fustigaba a sus caballos y la carroza tornaba a su posición primera.

El mago de M. Maillardet merece igualmente ser notado. Copiamos la información siguiente en las *Cartas* ya citadas del doctor Brewster, que ha sacado sus principales informes de la *Enciclopedia de Edimburgo*.

"Una de las piezas mecánicas más populares que hemos visto es *el mago* construido por monsieur Maillardet, cuya especialidad consiste en responder a ciertas preguntas. Una figura vestida de mago aparece sentada al pie de un muro, teniendo una varita en la mano derecha y en la otra un libro. En unos medallones ovales se ha inscrito un cierto número de preguntas preparadas de antemano; el espectador entresaca las que escoge, a las cuales pide una respuesta, y después de colocarlas en un cajón destinado a recibirlas, el cajón se cierra por un resorte hasta que la respuesta sea transmitida. El mago se levanta entonces de su asiento, inclina la cabeza, describe círculos, y consultando su libro, como preocupado por un profundo pensamiento, lo eleva a la altura de su rostro. Fingiendo así meditar sobre la cuestión planteada, alza su varilla y golpea la pared por encima de la cabeza: se abren los dos batientes de una puerta y puede leerse una respuesta apropiada a la pregunta. La puerta se vuelve a cerrar; el mago recobra su actitud primitiva y el cajón se abre para devolver el medallón. Los medallones son veinte, conteniendo todos preguntas diferentes, a las cuales el mago replica con respuestas adecuadas, de una manera asombrosa. Los medallones están hechos de tenues planchas de cobre, de forma elíptica, y todos se asemejan exactamente. Algunos de los medallones llevan una pregunta escrita a cada lado, y en ese caso el mago responde sucesivamente a las dos. Si el cajón se cierra sin que haya sido depositado un medallón, el mago se levanta, consulta su libro, sacude la cabeza y se vuelve a sentar; los dos batientes de la puerta quedan cerrados y el cajón vuelve vacío. Si se ponen juntos en un cajón dos medallones, no se obtiene respuesta sino para que el que está colocado debajo."

"Cuando la máquina está montada, el movimiento puede durar una hora aproximadamente, y durante ese tiempo el autómata puede responder a unas cincuenta preguntas. El inventor afirmaba que los medios por los cuales los diversos medallones obraban sobre la máquina, para producir las respuestas adecuadas a las preguntas inscritas, eran excesivamente sencillos."

El pato de Vaucasson era aún más notable. De tamaño natural, imitaba tan perfectamente al animal vivo, que todos los espectadores sufrían la ilusión. Ejecutaba, dice Brewster, todas las actitudes y los gestos de la vida; comía y bebía con avidez; efectuaba todos los movimientos de cabeza y garganta que son propios del pato y, como él, removía vivamente el agua que aspiraba con su pico. Producía también el grito gangoso de ese animal con una completa fidelidad al natural. En la estructura anatómica, el artista había desplegado la más perfecta habilidad. Cada hueso del pato real tenía su correspondiente en el autómata y las alas eran anatómicamente exactas. Cada cavidad, apófisis o curvatura era estrictamente imitada y cada hueso efectuaba su movimiento propio. Cuando se arrojaba grano delante de él, el animal alargaba el cuello para picotearle, lo tragaba y lo digería.[1]

---

[1] Bajo el título de *Androïdes*, se encontrará en la *Enciclopedia de Edimburgo* una lista completa de los principales autómatas fabricados en los tiempos antiguos y modernos. – *Nota de E. A. P.*

Si estas máquinas revelaban genialidad, ¿qué pensaremos de la *máquina de calcular,* de monsieur Babbage? ¿Qué pensaremos de un mecanismo de madera y de metal que no sólo puede computar las tablas astronómicas y náuticas hasta cualquier punto dado, sino también confirmar la exactitud matemática de sus operaciones por la facultad de corregir los errores posibles? ¿Qué pensaremos de una mecánica que no sólo puede realizar todo eso, sino que también imprime materialmente los resultados de sus cálculos complicados, inmediatamente que son obtenidos y sin la más ligera intervención de la inteligencia humana?... Acaso se responda que una máquina tal como la que describimos, está, sin comparación alguna posible, por encima del *Jugador de ajedrez* de Maelzel. De ningún modo; es, por el contrario, muy inferior, siempre que admitamos, ante todo (lo cual no puede ser razonablemente admitido ni un solo instante), que *El jugador de ajedrez* es una pura *máquina* y realiza sus operaciones sin ninguna intervención humana inmediata. Los cálculos aritméticos o algebraicos son, por su naturaleza misma, fijos y determinados. Aceptados ciertos datos, síguense ciertos resultados necesaria e inevitablemente. Estos resultados no dependen de nada y no sufren influencia de nada más que de los datos primitivamente aceptados. Y la cuestión que ha de resolverse marcha o debiera marchar hacia la solución final por una serie de puntos infalibles que no son susceptibles de cambio alguno y no están sometidos a modificación alguna. Establecido esto, podemos concebir sin dificultad la *posibilidad* de construir una pieza mecánica que tomando su punto de partida en los datos de la cuestión a resolver, continuará sus movimientos regularmente, progresivamente, sin desviación alguna, hacia la solución buscada, puesto que estos movimientos, por complejos que se supongan, no han podido ser jamás concebidos sino finitos y determinados. Pero de esto al caso de *El Jugador de ajedrez* hay una inmensa diferencia. Aquí no hay marcha determinada. Ninguna jugada, en el juego de ajedrez, resulta necesariamente de otra jugada cualquiera. De ninguna disposición particular de las piezas, en un punto cualquiera de la partida, depende su disposición futura en otro punto cualquiera. Supongamos la primer jugada de una partida de ajedrez puesta enfrente de los *datos* de un problema algebraico y advertiremos inmediatamente la enorme diferencia que los distingue. En el caso de los *datos* algebraicos, el segundo paso del problema, que depende absolutamente de ellos, resulta inevitable. Está creado por *el dato*. Es preciso que sea lo que es y no otra cosa. Pero la primera jugada en una partida de ajedrez no va necesariamente seguida de una segunda jugada determinada. Mientras el problema algebraico marcha hacia la solución, la *exactitud* de las operaciones permanece absolutamente intacta. No siendo el segundo paso más que la consecuencia de los *datos,* el tercero es igualmente una consecuencia del segundo; el cuarto, del tercero; el quinto, del cuarto, y así sucesivamente, *sin ninguna alteración posible,* hasta el fin. Pero en el ajedrez, la *incertidumbre* de la jugada siguiente está en proporción a la marcha de la partida. Se han efectuado algunas jugadas, pero no se ha dado un paso *seguro.*

Diferentes espectadores podrán aconsejar diferentes jugadas. Todo depende aquí, pues, del juicio variable de los jugadores. Ahora bien, aun concediendo (lo cual no puede concederse) que los movimientos del *Autómata jugador de ajedrez* sean en sí mismos determinados, serían necesariamente interrumpidos y trastornados por la voluntad no determinada de su contrario. No hay pues analogía alguna entre las operaciones de *El jugador de ajedrez* y las de la *máquina de calcular* de Mr. Babbage; y si nos place llamar al primero *una pura máquina*, nos veremos forzados a admitir que es, sin comparación alguna posible, la más extraordinaria invención de la humanidad. Sin embargo, su primer introductor, el barón Kempelen, no tenía escrúpulos en declararla "una pieza mecánica muy corriente, un juguete cuyos efectos no parecían tan maravillosos sino por la audacia de la concepción y la elección feliz de los medios adoptados para favorecer la ilusión". Pero es inútil cavilar sobre este punto. Es totalmente cierto que las operaciones del autómata están reguladas por *el entendimiento* y no por otra cosa. Se puede decir que esta afirmación es susceptible de una demostración matemática *a priori*. La única cuestión a dilucidar es, pues, de qué manera se produce la intervención humana. Antes de entrar en este asunto sería conveniente, sin duda, dar la historia y la descripción, muy breves, de *El jugador de ajedrez*, para comodidad de aquellos de nuestros lectores que jamás hayan tenido ocasión de asistir a la exhibición de M. Maelzel.

El *Autómata jugador de ajedrez* fue inventado en 1769 por el barón de Pempelen, hidalgo de Presburgo, en Hungría, que posteriormente lo cedió, con el secreto de sus operaciones, a su actual propietario.[1] Poco tiempo después de su terminación fue expuesto en Presburgo, en París, en Viena y en otras ciudades del continente. En 1783 y en 1784 fue transportado a Londres por M. Maelzel. En estos últimos años el *Autómata* ha visitado las principales ciudades de los Estados Unidos. Dondequiera que se ha dejado ver, ha excitado la más viva curiosidad y se han hecho numerosas tentativas, por hombres de todas clases, para penetrar el misterio de sus movimientos. El grabado que sigue da una representación aproximada de la figura que los habitantes de Richmond han podido contemplar hace unas semanas. Sin embargo, el brazo derecho debió extenderse más hacia adelante sobre la caja; un fichero debía verse también; por último, no debiera divisarse el cojín donde la mano apoya la pipa. Algunas alteraciones sin importancia se han efectuado en el traje del *Jugador de ajedrez* desde que es propiedad de M. Maelzel. Así, por ejemplo, al principio no llevaba turbante...

---

[1] Estas páginas se escribían en 1835, cuando M. Maelzel, que acaba de morir recientemente (en 1854), exhibía *El jugador de ajedrez* en los Estados de la Unión. El *Autómata,* según creemos, está ahora (1855, fecha de la primera edición de este libro en lengua inglesa) en posesión del profesor J. K. Mitchell, de Filadelfia. – *Nota del editor norteamericano.*

A la hora señalada para la exhibición, se alza un telón o bien se abre una puerta de doble hoja y la máquina se hace rodar hasta la contigüidad de unos doce pies del espectador más próximo, ante el cual queda tendida una cuerda. Se divisa una figura vestida a la turca y sentada, con las piernas cruzadas, ante una amplia caja que parece hecha de madera de arce[1] y que le sirve de mesa.

El exhibidor hará girar la máquina, si se le pide, hacia cualquier lugar de la sala, la estacionará en cualquier punto designado o hasta la cambiará muchas veces de sitio durante la representación. La base de la caja está bastante elevada sobre el piso por medio de ruedecitas o de pequeños cilindros de cobre, por los cuales se la hace mover, y los espectadores pueden así distinguir toda la porción de espacio extendida por debajo del *Autómata*. La silla en la cual descansa la figura es fija y adherida a la caja. Sobre el plano superior de esta caja hay un fichero igualmente adherido. El brazo derecho del *Jugador de ajedrez* está extendido a lo largo delante de él, formando ángulo recto con su cuerpo, y apoyado en una postura indolente al borde del fichero. La mano está vuelta; el dorso hacia arriba. El fichero tiene dieciocho pulgadas de cuadrados. El brazo izquierdo de la figura está doblado en el codo y la mano izquierda sostiene una pipa. Un cortinón verde oculta la espalda del Turco y cubre en parte la delantera de los dos hombros. La caja, si

---

[1] Árbol de la familia de las aceríneas, que produce madera muy dura y resistente y echa flores en forma de umbela o racimo. – *Nota del traductor español.*

se juzga por su aspecto exterior, está dividida en cinco compartimientos: tres armarios de igual dimensión y dos cajones que ocupan la parte del cofre colocado debajo de los armarios. Las observaciones precedentes se refieren al aspecto del autómata, considerado a primera vista, cuando es llevado a presencia de los espectadores.

Maelzel anuncia entonces al concurso que va a exponer a sus ojos el mecanismo del *Autómata*. Sacando de su bolsillo un manojo de llaves, abre con una de ellas la puerta señalada con la cifra 1 en el grabado ya visto, y ofrece así todo el interior del armario al examen de las personas presentes. Todo este espacio está en apariencia lleno de ruedas, de ruedas dentadas, de palancas y de otros artefactos mecánicos, acumulados y apretados unos contra otros, de suerte que la mirada no pueda penetrar más que a una corta distancia a través del conjunto. Dejando esta puerta abierta de par en par, Maelzel pasa entonces por detrás de la caja y, levantando el manto de la figura, abre otra puerta colocada precisamente detrás de la primera, ya abierta. Llevando una bujía encendida delante de esa puerta, y cambiando al mismo tiempo la máquina de sitio en muchas ocasiones, hace penetrar así una luz viva a través de todo el armario, que entonces aparece lleno, absolutamente lleno, de artefactos mecánicos. Los asistentes quedan bien convencidos de este hecho, y entonces Maelzel empuja la puerta por detrás, la cierra, quita la llave de la cerradura, deja caer el manto de la figura y vuelve por delante. La puerta marcada con la cifra 1 ha quedado abierta, como se recordará. El expositor procede entonces a la apertura del cajón colocado bajo los armarios por la parte baja de la caja; porque, aunque haya en apariencia dos cajones, no hay más que uno en realidad, pues los dos tiradores y las dos cerraduras sólo figuran para adorno. Abierto este cajón en toda su extensión, se ve una almohadilla con una colección completa de figuras de ajedrez, fijas en un bastidor que se sostiene perpendicularmente. Dejando ese cajón abierto, así como el armario número 1, Maelzel abre la puerta número 2 y la puerta número 3, que no son, como se ve entonces, más que los dos batientes de una misma puerta, que se abre sobre un solo y mismo compartimiento. Sin embargo, a la derecha de ese compartimiento (es decir, a la derecha del espectador) existe una pequeña parte separada, ancha, de seis pulgadas, y ocupada por piezas mecánicas. En cuanto al principal compartimiento (al hablar de esa parte de la caja visible después de la apertura de las puertas 2 y 3, la llamaremos siempre el principal compartimiento), está revestido de un paño oscuro y no contiene otros utensilios mecánicos que dos piezas de acero, en forma de segmento de círculo, colocadas cada una en uno de los dos rincones de la trasera del compartimiento. Una pequeña prominencia, de ocho pulgadas cuadradas aproximadamente, igualmente cubierta de un paño oscuro, se eleva de la base del compartimiento cerca del rincón más oculto, a la izquierda del espectador. Dejando abiertas las puertas 2 y 3, así como el cajón y la puerta 1, el expositor se coloca detrás del principal compartimiento y, abriendo otra puerta, se ilumina perfectamente el interior introduciendo allí una bujía encendida. Habiendo así expuesto toda la caja en apariencia, al examen de los espectadores, Maelzel, dejando siempre las puertas y el cajón abiertos, vuelve del revés al *Autómata* y expone la espalda del Turco levantando la cortina. Una puerta de unas diez pulgadas cuadradas se abre en los riñones del *Autómata* y otra, más pequeña, en la cadera izquierda. El interior de la figura, visto así a través de estas aberturas, parece ocupado por piezas mecánicas. En general, cada espectador queda desde entonces convencido de que ha visto y examinado por completo, simultáneamente, todas las partes consecutivas del *Autómata*, y la idea de que una persona haya podido, durante una exposición tan completa del interior, quedar oculta, es inmediatamente rechazada por los entendimientos, como excesivamente absurda, en caso de ser aceptada por un instante.

Maelzel, volviendo a colocar la máquina en su posición primera, anuncia ahora al público allí congregado que el *Autómata* jugará una partida de ajedrez con quien se presente como adversario. Aceptado el desafío, se coloca una mesita para el antagonista, y se sitúa muy cerca de la cuerda, no enfrente, sino en un extremo, para no privar a ninguno de los espectadores de la vista del *Autómata*. De un cajón de la mesa se saca un juego de figuras de ajedrez, y generalmente, pero no siempre, Maelzel las coloca con su misma mano sobre el fichero, que consiste sencillamente en cuadrados pintados sobre la mesa, según el número habitual. Una vez sentado el contrario, el expositor se dirige hacia el cajón de la caja, debajo del brazo del *Autómata*, después de haberle quitado la pipa de la mano. Tomando después del mismo cajón el juego de ajedrez del *Autómata*, dispone las piezas sobre el tablero colocado delante de la figura. Luego empuja las puertas y las cierra, dejando el manojo de llaves colgado en la puerta número 1. Cierra igualmente el cajón y, por fin, monta la máquina, introduciendo una llave en un agujero colocado en el extremo izquierdo de la máquina (izquierda del espectador). Comienza la partida, haciendo la primera jugada el *Autómata*. La duración de la partida está generalmente limitada a media hora; pero si no se acaba al expirar este período, y si el adversario sostiene que cree poder ganar al *Autómata*, rara vez Maelzel se opone a la continuación de la partida. No fatigar a los espectadores, tal es el motivo ostensible y real, sin duda alguna, de esta limitación del tiempo. Naturalmente se adivina que a cada jugada que el adversario juega en su tablero, Maelzel mismo, obrando como representante del adversario, ejecuta la jugada correspondiente en la caja del *Autómata*. Del mismo modo, cuando el Turco juega la jugada correspondiente, es ejecutado, en el tablero del adversario, por Maelzel, obrando entonces como representante del *Autómata*. De esta manera, es necesario que el expositor pase muchas veces de un tablero al otro. Muchas veces también vuelve hacia la figura para llevar las piezas que ha cogido y que deposita a capricho, sobre la caja, a la izquierda del fichero (a su misma derecha). Cuando el *Autómata* vacila relativamente en una jugada, se ve algunas veces al expositor colocarse muy cerca de su derecha y soltar su mano de cuando en cuando sobre la caja de una manera negligente. Hay también una cierta trepidación de pies, propia a insinuar en los entendimientos, que son más astutos que sagaces, la idea de una connivencia entre la máquina y él. Estas particularidades son, sin duda, simples *tics* de Maelzel, o, si tiene conciencia de ellas, las utiliza con el fin de sugerir a los espectadores la falsa idea de que no hay en el *Autómata* sino un puro mecanismo.

El Turco juega con la mano izquierda. Todos los movimientos son efectuados en ángulo recto. Así, la mano (que está enguantada y doblada de una manera natural) se posa directamente encima de la pieza que quiere mover, luego, por fin, la agarra y, en muchos casos, los dedos se apoderan de ella sin dificultad. Sin embargo, algunas veces, cuando la pieza no está precisa y exactamente en el lugar que debe ocupar, el *Autómata* fracasa en su esfuerzo por cogerla. Cuando se produce este accidente, no hace un segundo esfuerzo, sino que el brazo continúa su movimiento en el sentido primitivamente orientado como si los dedos se hubiesen apoderado de la pieza.

Habiendo designado así el lugar en que la jugada hubiera debido hacerse, el brazo se retira hacia la almohadilla y Maelzel ejecuta el movimiento indicado por el *Autómata*. A cada movimiento de la figura se oye moverse la máquina. Durante la marcha de la partida, el Turco, de cuando en cuando, gira sus ojos como si examinase el tablero, mueve la cabeza y pronuncia la palabra *jaque*, cuando ha lugar.[1]

Si el adversario ha jugado en falso, entonces él golpea vivamente sobre la caja con los dedos de su mano derecha, sacude enérgicamente la cabeza y ponien-

---

[1] El vocablo *jaque*, pronunciado por el Turco, es un perfeccionamiento que ha logrado Maelzel. Cuando era propiedad del barón Kempelen, la figura daba a entender *jaque* golpeando sobre la caja con su mano derecha. – *Nota de E. A. P.*

do en su primer lugar la pieza mal desplazada, se atribuye el derecho de jugar la jugada siguiente. Cuando ha ganado la partida, mueve la cabeza con aire de triunfo, mira complacido a los espectadores a su alrededor y, retirando su brazo izquierdo a más distancia que de costumbre, deja descansar sus dedos sobre la almohadilla. En general, el Turco sale victorioso: una o dos veces ha sido vencido. Acabada la partida, Maelzel exhibirá de nuevo, si se desea, el mecanismo de la caja, y de la misma manera que al comienzo. La máquina gira hacia atrás y un telón que desciende la oculta a los ojos de los espectadores.

Se han realizado muchas tentativas para resolver el misterio del *Autómata*. La opinión más general, opinión demasiado adoptada por las personas cuya inteligencia prometía algo más, ha sido, como hemos dicho ya, que la acción humana no entraba para nada, que la máquina era una pura máquina y nada más. Con todo, algunos han sostenido que el mismo expositor regulaba los movimientos del *Autómata* por algún medio mecánico que obraba a través de los pies de la caja. Otros, a su vez, han hablado audazmente de un imán. De la primera de estas opiniones, no tenemos por ahora nada que decir más de lo que hemos dicho. Con referencia a la segunda, bastará repetir lo que ya hemos indicado, a saber, que la máquina rueda sobre cilindros y es arrastrada a cualquier lugar de la sala, a requerimiento de cualquier espectador, durante la duración de la partida. La suposición de un imán es igualmente insostenible, porque, si un imán sirviese de agente, otro imán oculto en el bolsillo de un espectador trastornaría todo el mecanismo. Además, el expositor no se opondrá a que se deje sobre la caja una piedra imantada, por muy poderosa que sea, durante el tiempo del espectáculo.

El primer intento de explicación escrita, al menos el primero del cual tenemos conocimiento, se encuentra en un folleto impreso en París en 1785. La hipótesis del autor se reducía a esto: que un enano hacía mover la máquina. Se había supuesto que ese enano se ocultaba mientras se abría la caja, embutiendo sus piernas en dos cilindros huecos (que se calculaba que formaban parte del mecanismo del armario número 1, aunque no figurasen en él), mientras que su cuerpo quedaba completamente fuera de la caja, cubierto por el manto del Turco. Cuando las puertas estaban cerradas, el enano encontraba manera de meter su cuerpo en la caja; porque el ruido producido por alguna parte de la mecánica le permitía hacerlo sin ser advertido y también cerrar la puerta por la cual había entrado. Una vez mostrado así el interior del *Autómata*, y no habiéndose visto a ninguna persona, los espectadores (dice el autor del folleto) quedan convencidos de que no hay, en efecto, persona alguna en ninguna parte de la máquina. Toda la hipótesis es visiblemente demasiado absurda para que merezca un comentario y una refutación y así suponemos que atraerá muy escasamente la atención pública.

En 1789 se publicó en Dresde un libro, original de I. E. Freyhere, en el cual se mostraba un nuevo ensayo de explicación del misterio. El libro de Freyhere era bastante voluminoso y copiosamente ilustrado de grabados en color. El autor suponía que "un mozalbete, muy instruido y bastante menudo para poder ocultarse en un cajón colocado exactamente por debajo del tablero", jugaba la partida de ajedrez y efectuaba todas las evoluciones del *Autómata*. Esta idea, aunque aún más necia que la del autor parisiense, recibió, sin embargo, mejor acogida y fue adoptada hasta cierto punto como la verdadera solución del milagro, hasta el momento en que el inventor puso fin a la discusión autorizando un cuidadoso examen de la tapadera de la caja.

Estos peregrinos intentos de explicación fueron seguidos de otros no menos extravagantes. En estos últimos años, un escritor anónimo, aun siguiendo un método de razonamiento muy poco filosófico, ha venido a dar en una solución plausible, aunque no pudiéramos considerarla como la única absolutamente verdadera. Su artículo fue publicado primitivamente en un periódico hebdomadario de Baltimore, ilustrado con grabados, y llevaba por título: *Una tentativa de análisis del Autómata jugador de ajedrez de Maelzel*.

Creemos que este artículo es la edición primitiva del folleto al cual hace alusión sir Brewster en sus *Cartas sobre la magia natural,* donde no vacila en declarar que es una perfecta explicación. Los *resultados* del análisis son, en suma, exactos, sin duda alguna; pero para que Brewster haya consentido en ver allí una perfecta y satisfactoria explicación, hay que suponer que no lo ha leído sino de una manera distraída y precipitada. En el compendio de este ensayo, presentado en las *Cartas sobre la magia natural,* es absolutamente imposible llegar a una conclusión clara con respecto a la perfección o a la imperfección del análisis, a causa del pésimo estilo y de la insuficiencia de las alusiones y referencias al texto del folleto. El mismo defecto se encuentra en la *Tentativa de análi*sis, tal como la hemos leído en su primera forma. La solución consiste en una serie de explicaciones minuciosas (acompañadas de grabados en madera, que ocupan un gran número de páginas) cuyo fin es mostrar *la posibilidad de desplazar los compartimientos de la caja,* de tal modo que un ser humano, oculto en el interior, pueda transportar parte de su cuerpo de un lugar a otro de la caja durante la exhibición del mecanismo y sustraerse así a la atención de los espectadores. No hay lugar a dudas, como ya lo hemos hecho observar y como vamos a intentar probarlo, que el principio o más bien el resultado de esta explicación sea el único verdadero. Hay una persona oculta en la caja durante todo el tiempo empleado en presentar el interior. Sin embargo, rechazaremos toda la verbosa descripción de *la manera* cómo deben moverse los compartimientos para prestarse a los movimientos de la persona oculta. La rechazamos como una pura teoría admitida *a priori*, y a la cual deberán luego adaptarse las circunstancias. No somos ni podemos ser arrastrados a esta teoría por ningún razonamiento de inducción. La manera cómo se opera el desplazamiento es lo que se sustrae a la observación en cada momento del espectáculo. Demostrar que no es imposible que ciertos movimientos se efectúen de cierta manera, no es en absoluto demostrar que han sido positivamente efectuados de esa manera. Puede existir una infinidad de otros métodos por los cuales pueden obtenerse los mismos resultados. La probabilidad de que la única hipótesis supuesta resulte ser la única exacta está en la relación de la unidad al infinito. Pero, en realidad, este punto particular –la movilidad de los compartimientos– no tiene importancia alguna. Es absolutamente inútil consagrar siete u ocho páginas a querer probar lo que ninguna persona de buen sentido negará: a saber, que el poderoso genio mecánico del barón Kempelen ha podido descubrir los medios necesarios para cerrar una puerta o hacer deslizarse una cortina, con un agente humano a su servicio y en contacto inmediato con la puerta o con la cortina, de suerte que todas las operaciones ejecutadas pasen totalmente inadvertidas a la observación de los espectadores, como lo demuestra el autor del *Ensayo,* y como intentaremos demostrarlo nosotros aún más completamente.

En esta tentativa de explicación del *Autómata,* demostraremos primero cómo se efectúan sus operaciones y después describiremos, lo más brevemente posible, la naturaleza de las *observaciones,* de donde hemos deducido nuestro resultado.

Es necesario, para hacer comprender bien el problema, que repitamos aquí en pocas palabras la rutina adoptada por el expositor para mostrar el interior de la caja; rutina de la cual no se aparta jamás en ningún punto ni en ningún detalle. Primero abre la puerta número 1. Dejándola abierta, vuelve detrás de la caja y abre una puerta situada precisamente enfrente de la puerta número 1. Detrás de esta puerta sostiene una bujía encendida. Empuja entonces la puerta de detrás, la cierra y, volviendo por delante, abre el cajón en toda su longitud. Hecho esto, abre las puertas número 2 y número 3 (los dos batientes) y descubre el interior del compartimiento principal. Dejando abierto este principal compartimiento, el cajón y la puerta delantera del armario número 1; vuelve otra vez por detrás y abre la puerta trasera del principal compartimiento. Para cerrar la caja, no observa un orden determinado, salvo que la puerta de batientes esté siempre cerrada delante del cajón.

Ahora supongamos que, cuando la máquina es arrastrada en presencia de los espectadores, un hombre esté ya oculto. Su cuerpo está colocado detrás del manojo de artefactos en el armario número 1 (estando la parte posterior de este aparato dispuesta a deslizarse *en masa* del principal compartimiento número 1, cuando las circunstancias lo exigen) y sus piernas están extendidas en el principal compartimiento. Cuando Maelzel abre la puerta número 1, el hombre oculto no se arriesga a ser descubierto porque el ojo ejercitado no puede penetrar más de dos pulgadas en las tinieblas. Pero el caso es muy distinto cuando la puerta de detrás del armario número 1 está abierta. Una luz brillante ilumina entonces el armario y el cuerpo del hombre hubiese sido descubierto de haber quedado allí. Pero no es así. La llave colocada en la cerradura de la puerta de detrás ha sido una señal, a cuyo ruido la persona oculta ha echado el cuerpo adelante hasta formar un ángulo lo más agudo posible, metiéndose enteramente, o casi por completo, en el departamento principal. Pero ésta es una posición penosa en la cual nadie puede mantenerse mucho tiempo. Así vemos que Maelzel *cierra la puerta de detrás*. Hecho esto, nada impide que el cuerpo del hombre vuelva a su posición primera, pues el armario ha quedado bastante a oscuras para que tengamos derecho a desconfiar del examen. El cajón está entonces abierto y las piernas de la persona oculta caen, por detrás, en el espacio que el cajón ocupaba antes.[1]

No hay, pues, ninguna parte del hombre en el departamento principal, estando su cuerpo colocado detrás del mecanismo del armario número 1, y sus piernas en el espacio antes ocupado por el cajón. El expositor está ahora, pues, en libertad de enseñar el departamento principal. Es lo que hace –abriendo las dos puertas, la de enfrente y la de detrás– y nadie se da cuenta. Los espectadores están ahora convencidos de que todo el conjunto de la caja queda expuesto a sus miradas, así como todas sus partes, en un mismo y único instante. Pero evidentemente no es así. No ven ni el espacio comprendido detrás del cajón abierto, ni el interior del armario número 1, en el cual Maelzel ha cerrado virtualmente la puerta de enfrente cuando cerraba la puerta de detrás. Habiendo hecho entonces girar la máquina sobre sí misma, y

---

[1] Sir David Brewster supone que hay siempre un gran espacio detrás del cajón, aun cuando esté cerrado; en otros términos: que el cajón es "un falso cajón". Pero esta idea es completamente insostenible. Una superchería tan vulgar sería inmediatamente descubierta; el cajón, estando abierto en toda su extensión, proporcionará la ocasión de comparar su profundidad con la de la caja. – *Nota de E. A. P.*

levantado el manto del Turco, abiertas las portezue-
las de la espalda y de la cadera y enseñando el tronco del *Autómata* lleno de piezas mecánicas, lo vuelve
todo a su posición primera y cierra las puertas. El
hombre puede ahora moverse libremente. Álzase dentro del cuerpo del Turco lo bastante para que sus ojos
se pongan al nivel del tablero; es muy probable que
se siente sobre el bloque cuadrado, sobre la pequeña
eminencia que se ha visto en un rincón del compartimiento principal, mientras las puertas estaban abiertas. En esta postura se ve el tablero a través del pecho
del Turco, que está cubierto de una gasa. Elevando
su brazo derecho por delante de su pecho, hace mover
el mecanismo necesario para dirigir el brazo izquierdo
y los dedos de la figura. Este mecanismo está colocado precisamente por debajo del hombro izquierdo
del Turco y puede ser fácilmente alcanzado por la
mano derecha del hombre oculto, si suponemos su
brazo derecho colocado sobre su pecho. Los movimientos de la cabeza, de los ojos y del brazo derecho
de la figura, así como el ruido que imita la palabra
jaque, son producidos por otro mecanismo interior y
operados a voluntad por el hombre oculto. Todo el
conjunto de ese mecanismo, es decir, todo el mecanismo esencial al autómata, está probablemente contenido en el pequeño armario (ancho de seis pulgadas
aproximadamente) que ocupa la derecha del principal compartimiento (derecha del espectador).

En este análisis de las operaciones del *Autómata*
hemos evitado deliberadamente el hablar de la manera cómo se mueven los compartimientos y se comprenderá fácilmente que esta cuestión no tiene

EL JUGADOR DE AJEDREZ DE MAELZEL

importancia, puesto que la habilidad del carpintero más vulgar suministra una infinidad de medios de preparar ese recurso, y puesto que hemos demostrado que, cualquiera que sea la manera como se ha efectuado esa operación, ha tenido lugar fuera del alcance de la vista del espectador. Nuestro resultado está fundado en las observaciones siguientes, consignadas durante frecuentes visitas que hemos hecho al *Autómata* de Maelzel.[1]

I

Las jugadas hechas por el Turco no tienen lugar en intervalos de tiempos regulares, sino que corresponden a los intervalos de las jugadas del adversario, aunque esta condición (la regularidad), tan importante en toda especie de combinación mecánica, hubiera podido fácilmente ser cumplida limitando el tiempo concedido para las jugadas del adversario. Si, por ejemplo, este límite fuese de tres minutos, las jugadas del *Autómata* podrían tener lugar en intervalos más largos de tres minutos. Luego, el hecho de la irregularidad, cuando la regularidad hubiera podido ser tan fácilmente obtenida, sirve

[1] Muchas de estas observaciones tienen solamente por objeto probar que la máquina está necesariamente regulada *por el pensamiento,* y nos ha parecido que sería un trabajo superfluo producir nuevos argumentos en apoyo de lo que ya ha sido perfectamente establecido. Pero nuestro propósito es convencer especialmente a algunos de nuestros amigos sobre los cuales un método de razonamiento sugestivo tendrá más fuerza que la demostración *a priori* más rigurosa. – *Nota del autor.* – (Obsérvese qué dotes de psicólogo, o más bien psicofisiólogo moderno a lo Weber, a lo Fechner o a lo Binet, poseía el gran fantasista E. A. Poe.) – *Nota del traductor español.*

85

para probar que la regularidad no tiene importancia en la acción del *Autómata*; en otros términos: que el *Autómata* no es una pura máquina.

II

Cuando el *Autómata* está en el momento de remover una pieza, puede observarse un movimiento muy preciso por debajo del hombro izquierdo, movimiento que hace temblar con toda regularidad la cortina que cubre la delantera del hombro izquierdo. Este temblor precede invariablemente en dos segundos, aproximadamente, al movimiento del mismo brazo, y el brazo no se mueve jamás, en caso alguno, sin ese movimiento precursor del hombro. Inmediatamente que ha ejecutado ese movimiento, y antes de que el brazo mecánico comience a moverse, supongamos que retira su pieza, como si se diese cuenta de un error en su maniobra, entonces se verá que el movimiento del brazo, que en todos los demás casos sucede inmediatamente al movimiento del hombro, esta vez se detiene y no se efectúa, aunque Maelzel todavía no haya ejecutado sobre el tablero del *Autómata* la jugada correspondiente a la retirada del adversario. En ese caso, es evidente que el *Autómata* iba a jugar y que, si no ha jugado, ha sido un efecto simplemente producido por la retirada del adversario y sin intervención alguna de Maelzel.

Este hecho prueba claramente: *primero*, que la intervención de Maelzel, ejecutando sobre el tablero del Turco las jugadas del adversario, no es indispensable para los movimientos del Turco; *segundo*, que los movimientos del *Autómata* están regulados por el entendimiento, por alguna persona que pueda observar el tablero del adversario; *tercero*, que sus movimientos no son regulados por el entendimiento de Maelzel, que tenía la espalda vuelta del lado del adversario, mientras éste operaba su movimiento de retirada.

III

El *Autómata* no gana invariablemente. Si la máquina fuese una simple máquina, no sería así; debiera ganar *siempre*. Descubierto el *principio* por el cual una máquina puede *jugar* una partida de ajedrez, la extensión del mismo principio debe hacerla capaz de ganar *todas* las partidas, es decir, de derrotar a cualquier adversario. Bastará un poco de reflexión para convencer a cualquiera de que no es más difícil, en lo que atañe al principio de las operaciones necesarias, hacer una máquina que gane todas las partidas que hacer una que gane una sola partida. Si consideramos, pues, al *Jugador de ajedrez* como una máquina, debemos suponer (lo cual es extraordinariamente imposible) que el inventor ha preferido dejarla incompleta que hacerla perfecta; suposición que aún parece más absurda si reflexionamos que al dejarla incompleta proporcionaba un argumento contra la supuesta posibilidad de una pura máquina; y éste es precisamente el argumento que aquí utilizamos.

IV

Cuando la situación de la partida es difícil o compleja, no vemos jamás al Turco sacudir la cabeza o

girar los ojos. Sólo lo hace cuando su próxima jugada es evidente y clara o cuando la partida se presenta de tal manera que para el hombre colocado en el
Autómata no hay necesidad de reflexionar. Ahora
bien, estos movimientos particulares de la cabeza y
de los ojos son movimientos propios de las personas embebidas en una meditación, y el ingenioso
barón Kempelen habría ajustado esos movimientos
(si la máquina fuese una simple máquina) a las situa-
ciones que le sirvieran de pretexto natural; es decir,
a las ocasiones de complejidad. Pero es lo inverso lo
que ocurre, y el caso inverso se adapta precisamente a nuestra suposición de un hombre oculto en el
interior. Cuando se ve obligado a meditar su juego,
no tiene bastante razón para hacer jugar el mecanismo que pone en conmoción la cabeza y los ojos.
Pero cuando la jugada está clara, tiene tiempo de
mirar a su alrededor. Y es por lo que vemos entonces agitarse la cabeza y girar los ojos.

V

Cuando se hace girar la máquina para permitir a
los espectadores examinar la espalda del Turco, y
cuando se levanta la cortina y se abren las portezue-
las del tronco y de la cadera, el interior del tronco
parece relleno de utensilios mecánicos. Examinando
esos utensilios, mientras el *Autómata* estaba en
movimiento, es decir, mientras la máquina giraba
sobre sus ruedecillas, nos ha parecido que algunas
partes del mecanismo cambiaban de forma y de
posición en un grado demasiado marcado para que
se explique por simples leyes de la perspectiva; y

muchos exámenes subsiguientes nos han convencido de que esas exageradas alteraciones debían ser atribuidas a espejos colocados en el interior del tronco. La introducción de los espejos en el mecanismo no puede tener por fin obrar, en cualquier grado, sobre el propio mecanismo. Su acción, cualquiera que sea ella, no puede ser dirigida sino sobre la vista del espectador. Dedujimos inmediatamente que esos espejos estaban dispuestos para multiplicar, a los ojos del público, las diversas piezas mecánicas del tronco, de modo que se hiciese creer que está lleno de ellas. De esto inferimos directamente que la máquina no es una pura máquina; porque, si tal fuese, el inventor, lejos de desear que su mecanismo pareciese muy complicado y lejos de usar de supercherías para darle esta apariencia, hubiera tenido especial cuidado de convencer a los espectadores de la *sencillez* de los medios por los cuales obtenía tan milagrosos resultados.

VI

El aspecto exterior, y particularmente la gesticulación del Turco, no son, consideradas como imitaciones de la vida, sino imitaciones muy mediocres. La fisonomía es un trabajo que no acusa ingeniosidad alguna, y está muy superada, en cuanto a la semejanza humana, por las más vulgares figuras de cera. Los ojos giran en la cabeza sin naturalidad alguna y sin los movimientos correspondientes de los labios o de las cejas. El brazo, sobre todo, realiza sus operaciones de una manera excesivamente rígida, desdichada, convulsiva y rectangular. Ahora bien; todo eso es resultado de la impotencia de Maelzel para hacerlo mejor o de una negligencia voluntaria; pues la negligencia accidental debe quedar fuera de cuenta, cuando vemos que el ingenioso propietario emplea todo su tiempo en perfeccionar sus máquinas. Seguramente no debemos atribuir a la incapacidad esta apariencia poco natural; porque todos los demás autómatas de Maelzel prueban su milagrosa habilidad en copiar exactamente los movimientos y todas las características de la vida. Sus danzarines de cuerda floja, por ejemplo, son inimitables. Cuando el clown ríe, sus labios, sus cejas, sus párpados, todos los rasgos de su fisonomía están penetrados de su expresión natural. En él y en su compañero, cada gesto es tan perfectamente suelto y desembarazado, tan libre de toda huella de artificio, que, si no fuese la exigüidad de su estatura y la facultad concedida a los espectadores de hacérselos pasar de mano a mano antes de la ejecución de la danza, sería difícil convencer a un público de que esos autómatas de madera no son criaturas vivas. No podemos, pues, dudar del ingenio de Maelzel y nos vemos forzados a admitir que ha dejado deliberadamente a su *Jugador de ajedrez* la misma fisonomía artificial y bárbara que el barón Kempelen le había dado desde un principio, evidentemente no sin propósito. Cuál era su propósito, no es difícil adivinarlo. Si el *Autómata* hubiese imitado exactamente la vida en sus movimientos, los espectadores se hubiesen sentido más inclinados a atribuir sus operaciones a su verdadera causa; es decir, a la acción humana oculta, de lo que lo es actualmente, pues las maniobras torpes y rectangulares del muñeco inspiran la idea de un mecanismo entregado a sí mismo.

VII

Cuando, poco tiempo antes del comienzo de la partida, el expositor, según su costumbre, sube a su *Autómata*, un oído algo familiarizado con los sonidos producidos por el montaje de un sistema mecánico descubrirá inmediatamente que el eje que la llave hace girar en la caja de *El jugador de ajedrez* no puede estar en relación con un peso, ni con una palanca, ni con utensilio mecánico alguno. La consecuencia que sacamos de ahí es la misma de nuestra última observación. El montaje no es esencial a las operaciones del *Autómata* y no se efectúa sino con objeto de sugerir en los espectadores la idea falsa de un mecanismo.

VIII

Cuando se plantea muy explícitamente esta cuestión a Maelzel: "El autómata, ¿es o no es una pura máquina?", da invariablemente la misma respuesta: "Yo no puedo explicarme esto". Ahora bien, la notoriedad del autómata y la gran curiosidad que ha excitado por doquiera, son debidas a esta opinión dominante: que es una pura máquina, más particularmente que a cualquiera otra circunstancia. Naturalmente, interesa al propietario presentarlo como una cosa así. ¿Y qué medio más sencillo y más eficaz puede haber para impresionar a los espectadores en el sentido deseado que una declaración positiva y explícita sobre este particular?... Por otra parte, ¿qué medio más sencillo y más eficaz para destruir la confianza de los espectadores en el *Autómata*, considerado como pura máquina, que rehusar esa declaración explícita?... Ahora bien; naturalmente, nos inclinamos a razonar así: "Interesa a Maelzel presentar la cosa como una pura máquina. Se niega a hacerlo, directamente al menos, de palabra; pero no tiene escrúpulos y aun tiene evidente cuidado de persuadirlo indirectamente con sus actos. Si la cosa fuese verdaderamente tal como trata de manifestarlo con sus actos, se serviría muy gustosamente del testimonio más directo de las palabras; llegamos, pues, a la conclusión de que la conciencia que tiene de que la cosa no es una pura máquina viene a ser la causa de su silencio; sus actos no pueden comprometerle y convencerle de falsedad notoria, como podrían hacerlo sus palabras."

IX

Cuando Maelzel, en la exhibición del interior de la caja, ha abierto la puerta número 1, así como la puerta situada inmediatamente detrás, presenta delante de esta puerta trasera, como ya hemos dicho, una bujía encendida, luego pasea aquí y allá la máquina entera para convencer al público de que el armario número 1 está completamente ocupado por el mecanismo. Cuando la máquina anda así de un lado para otro, un observador perspicaz descubrirá que, mientras que la parte del mecanismo colocada cerca de la puerta delantera número 1 permanece perfectamente fija y sin movimiento, la parte posterior oscila, casi imperceptiblemente, con los movimientos de la máquina. Ésta fue la circunstancia que despertó súbitamente en nosotros la sospecha de que la parte posterior del mecanismo podía estar dispuesta para deslizarse fácilmente, *en bloque*, y para cambiar de jugada cuando la ocasión lo exigiese. Hemos afirmado ya que esta ocasión se presenta cuando el hombre oculto sitúa su cuerpo en una posición recta, después de haber sido cerrada la puerta trasera.

X

Sir David Brewster afirma que la figura del Turco es de tamaño natural; mas, en realidad, supera con mucho a las dimensiones ordinarias. Nada más fácil que engañarse en las apreciaciones de magnitudes. El cuerpo del *Autómata* se presenta generalmente aislado, y no habiendo medios de compararlo inmediatamente con una figura humana, nos inclinamos a considerarlo como de dimensiones corrientes. Con todo, es fácil corregir esa equivocación observando al *Jugador de ajedrez* cuando el expositor se acerca a él, como ocurre con frecuencia. No cabe duda de que Maelzel no es muy alto; pues, cuando se acerca a la máquina, está a dieciocho pulgadas, por lo menos, debajo de la cabeza del Turco, aunque éste se halla en la postura de un hombre sentado, como se recordará.

XI

La caja detrás de la cual está colocado el *Autómata,* tiene precisamente tres pies y seis pulgadas de longitud, dos pies y cuatro pulgadas de profundidad y dos pies y seis pulgadas de altura.

Estas dimensiones son plenamente suficientes para alojar a un hombre muy por encima de la estatura ordinaria, y el compartimiento principal, por sí solo, puede contener a un hombre de estatura corriente en la posición que hemos atribuido a la persona oculta. Siendo tales los hechos (y quien lo dude puede comprobarlo por sí mismo mediante el cálculo), nos parece inútil insistir más. Haremos observar solamente que, aunque la tapadera de la caja sea en apariencia una plancha de tres pulgadas de espesor aproximadamente, el espectador puede convencerse, agachándose para examinarla por debajo, mientras el principal compartimiento está abierto, de que es en realidad muy tenue. La altura del cajón puede ser también mal apreciada por los que la examinan de una manera insuficiente. Hay un espacio de unas tres pulgadas entre lo alto del cajón tal como aparece, visto desde el exterior, y lo bajo del armario, espacio que debe ser comprendido en la altura del cajón. Estos artificios, que tienen por objeto hacer aparecer el espacio comprendido en la caja menor de lo que es realmente, deben ser atribuidos al plan del inventor, que es impresionar al público con una idea falsa; es decir, la de que un ser humano no podría alojarse en la caja.

XII

El interior del principal compartimiento está todo cubierto de *paño*. Presumimos que este paño debe tener un doble objeto. Una parte del paño, bien extendido, sirve acaso para representar los únicos tabiques artificiales que sea necesario trasladar mientras el hombre cambia de posición, a saber: el tabique colocado entre la pared posterior del principal compartimiento y la pared posterior del armario número 1, luego el tabique entre el principal compartimiento y el espacio detrás del cajón cuando está abierto. Si suponemos que tal sea el caso, la dificultad de trasladar los tabiques desaparece completamente, supuesto que alguna vez haya podido uno figurarse que hubiese una real dificultad. La segunda utilidad del paño es amortiguar y hacer indistintos los ruidos ocasionados por los movimientos de la persona encerrada.

XIII

Como hemos hecho observar ya, el adversario no puede jugar en el tablero del *Autómata*, si no está a cierta distancia de la máquina. Si preguntásemos por qué, se nos daría, sin duda, esta razón para explicar esa particularidad: que, colocado de otra manera, el adversario interceptaría ante el espectador la vista de la máquina. Pero se podría obviar con facilidad este inconveniente, ya elevando los asientos del público, ya volviendo hacia él uno de los extremos de la caja durante el curso de la partida. El verdadero motivo de esta restricción es acaso de naturaleza muy distinta. Si el adversario estuviese sentado en contacto con la caja, el secreto correría algún peligro de ser descubierto: un oído ejercitado, por ejemplo, podría sorprender la respiración del hombre oculto detrás de la máquina.

XIV

Aunque Maelzel, al descubrir el interior de la máquina, se aparte algunas veces ligeramente de la rutina que hemos trazado, sin embargo, no se desvía jamás, en caso alguno, lo bastante para crear un obstáculo a nuestra solución. Por ejemplo, se le ha visto, en alguna ocasión, abrir el cajón antes que todo lo demás; pero jamás abre el principal compartimiento sin cerrar previamente la puerta trasera del armario número 1; no abre jamás el principal compartimiento sin tirar primero del cajón; no cierra jamás el cajón sin haber cerrado primeramente el principal compartimiento; no abre jamás la puerta trasera del armario número 1 mientras el principal compartimiento está abierto, y la partida de ajedrez no comienza jamás antes de que esté cerrada toda la máquina. Ahora bien: si se observa que *jamás, ni siquiera en un solo caso,* Maelzel se ha separado de esta rutina, cuya marcha hemos trazado como necesaria a nuestra solución, tendremos ya uno de los principales argumentos que la puedan confirmar; pero el argumento queda intensamente robustecido si tenemos en cuenta precisamente esta circunstancia: que *algunas veces* se ha separado de esta rutina, pero nunca lo *bastante* para interceptar esta solución.

XV

Durante la exposición, hay seis bujías sobre la mesa del *Autómata*. Se plantea, naturalmente, una cuestión: "¿Por qué emplear tantas bujías cuando una sola o dos a lo sumo iluminarían suficientemente el tablero para los espectadores, en una sala que está, además, tan bien iluminada como lo está siempre la sala del espectáculo; puesto que, además, si suponemos que el *Autómata* es una pura máquina, no hay necesidad alguna de prodigar tanta luz y aun no hay necesidad en absoluto para *permitirle* realizar sus operaciones; puesto que –y esto es muy principal– no hay más que una sola bujía sobre la mesa del adversario?"... La primera respuesta que se presenta al entendimiento es que se necesita una luz muy intensa para proporcionar al hombre el medio de ver a través de la materia transparente, probablemente de la gasa o de la muselina finísima de que está hecho el pecho del Turco. Pero, cuando *examinamos la distribución* de las bujías, se nos ocurre inmediatamente otra razón. Hay, como hemos dicho, seis bujías en total. Hay tres de cada lado de la figura. Las más lejanas del espectador son las más largas; las del medio son dos pulgadas más cortas; y las más próximas al público son aún más cortas, aproximadamente, en dos pulgadas. Por último, las bujías colocadas a un lado difieren en altura de las bujías colocadas del lado opuesto, en una proporción de más de dos pulgadas; es decir, que la bujía más larga de uno de los lados es, aproximadamente, tres pulgadas más corta que la más larga colocada al otro lado, y así sucesivamente. Se advierte que así no hay más que dos bujías de la misma altura y que la dificultad de comprobar la materia de que está compuesto el pecho del Turco se halla considerablemente aumentada por el efecto deslumbrador de los cruzamientos complicados de los rayos de luz: cruzamientos que se producen colocando los centros de irradiación a niveles distintos.

XVI

En la época en que el *Jugador de ajedrez* era propiedad del barón Kempelen se ha observado más de una vez: primeramente, que un italiano del séquito del barón no se dejaba ver jamás, mientras el Turco jugaba su partida de ajedrez; después, que habiendo caído gravemente enfermo el italiano, se suspendieron las representaciones hasta su curación. Este italiano declaraba su *total* ignorancia en el juego de ajedrez, aunque todas las demás personas del séquito del barón jugasen medianamente. Observaciones análogas se han hecho desde que Maelzel ha entrado en posesión del *Autómata*. Hay un hombre apellidado Schlumberger, que le acompaña donde quiera que va, pero que no tiene otra ocupación conocida que ayudarle a embalar y desembalar el *Autómata*. Este hombre es de estatura mediana y tiene los hombros singularmente *encorvados*. ¿Aparenta ser un experto en el juego de ajedrez o no conocerlo en absoluto? Eso es lo que ignoramos. Pero es bien cierto que siempre ha estado invisible durante la representación del *Jugador de ajedrez,* aunque se le vea con frecuencia antes y después del espectáculo. Además, hace algunos años, estando Maelzel dando unas representaciones en Richmond con sus autómatas y exhibiéndolos –así creemos recordar– en la casa ahora consagrada por Mr. Boissieux a una academia de baile, Schlumberger cayó repentinamente enfermo y, durante su enfermedad, no hubo ninguna representación del *Jugador de ajedrez*. Estos hechos son bien conocidos de muchos de nuestros conciudadanos. La razón explicativa de la suspensión de las representaciones del *Jugador de ajedrez,* tal como se manifestó al público, *no fue* la enfermedad de Schlumberger. Las conclusiones que han de deducirse de todo esto las entregamos sin otro comentario a nuestros lectores.

XVII

El Turco juega con su brazo izquierdo. Una circunstancia tan curiosa no puede ser accidental. Brewster no repara en ella; se contenta, por lo que nosotros recordamos, con hacer constar el hecho. Los autores de los *Ensayos* más recientes sobre el *Autómata* parecen no haberse fijado en este particular y no hacen alusión a ello. El autor del folleto citado por Brewster hace mención de esto, pero se reconoce incapaz de explicarlo. Sin embargo, evidentemente de tales excentricidades e incongruencias es de donde debemos sacar, si nos es posible, las deducciones que nos conducirán a la verdad.

Que el *Autómata* juegue con su mano izquierda, es una circunstancia que no tiene relación con la máquina, considerada simplemente como mecanismo. Toda combinación mecánica que obligase a un autómata a mover de una manera dada cualquiera el brazo izquierdo, podría, *viceversa*, obligarle a mover el brazo derecho. Pero este principio no puede extenderse hasta la organización humana, donde encontramos una diferencia radical y marcada en la conformación, y de todas maneras, en las facultades de los dos brazos, el derecho y el izquierdo. Al reflexionar sobre este último hecho, comparamos, naturalmente, esta excentricidad del *Autómata* con esa particularidad propia de la organización humana. Y nos vemos entonces obligados a suponer una especie de trastorno, porque el *Autómata* juega precisamente como un hombre no jugaría. Una vez aceptadas estas ideas, bastan por sí mismas para sugerir el concepto de un hombre oculto en el interior. Unos pasos más y llegamos finalmente al resultado. El *Autómata* juega con su brazo izquierdo porque, en las condiciones actuales, el hombre no puede jugar sino con su brazo derecho; es, sencillamente, *por no poder de otro modo*. Supongamos, por ejemplo, que el *Autómata* juegue con su brazo derecho. Para alcanzar el mecanismo que hace mover el brazo, que hemos dicho que está precisamente por debajo del hombro, sería menester, necesariamente, que el hombre se sirviese de su brazo derecho en una postura excesivamente penosa y fatigante (es decir, levantándolo todo contra su cuerpo estrechamente oprimido entre su cuerpo y el costado del *Autómata*) o bien que se sirviese de su brazo izquierdo colocándolo sobre su pecho. En ninguno de los casos obraría con la precisión y la facilidad necesarias. Por el contrario, jugando el *Autómata*, como lo hace, con su brazo izquierdo, todas las dificultades desaparecen; el brazo derecho del hombre pasa delante de su pecho y los dedos de la mano derecha obran, sin molestia alguna, sobre el mecanismo del hombro de la figura.

No creemos que ninguna objeción razonable pueda ser suscitada contra esta explicación del *Autómata jugador de ajedrez.*

El sistema del doctor "Alquitrán"
y del profesor "Pluma"

Durante el año de 18..., mientras visitaba las provincias del Mediodía de Francia, mi ruta me condujo a las proximidades de cierta casa de salud, hospital particular de locos, del cual había oído hablar en París a notables médicos, amigos míos. Como yo no había visitado jamás un establecimiento de esta índole, me pareció propicia la ocasión, y para no desperdiciarla propuse a mi compañero de viaje –un *gentleman* con el cual había entablado amistad casualmente días antes– apartarnos un poco de nuestra ruta, desviarnos como cosa de una hora y visitar el sanatorio. Pero él se negó desde el primer momento, alegando tener mucha prisa y objetando después el horror que le había inspirado siempre ver a un alienado. Me rogó, sin embargo, que no sacrificase a un deseo de ser cortés con él la satisfacción de mi curiosidad y me dijo que continuaría cabalgando hacia adelante muy despacio, de manera que yo pudiese alcanzarle en el mismo día o, todo lo más, al siguiente. Cuando se despedía de mí me vino a la mente que tropezaría quizá con alguna dificultad para penetrar en este establecimiento, y participé a mi camarada mis temores. Me respondió que, en efecto, a no ser que conociese personalmente al señor Maillard, el director, o que me proveyese de alguna carta de presentación, podría surgir alguna dificultad, porque los reglamentos de estas casas particulares de locos eran mucho más severos que los de los hospitales públicos. Por su parte, añadió, había hecho algunos años antes conocimiento con Maillard y podía, al menos, hacerme el servicio de acompañarme hasta la puerta y presentarme; pero la repugnancia que sentía por todas las manifestaciones de la demencia no le permitía entrar en el establecimiento.

Se lo agradecí; y separándonos de la carretera, nos internamos en un camino de atajo, esmaltado de césped, que, al cabo de media hora, se perdía casi en un bosque espeso, que bordeaba la falda de una montaña. Habíamos andado unas dos leguas a través de este bosque húmedo y sombrío, cuando divisamos la casa de salud. Era un fantástico castillo, muy desmantelado, y que, a juzgar por su aspecto de vetustez y deterioro, apenas debía estar habitado. Su aspecto me produjo verdadero terror, y, deteniendo mi caballo, casi sentí deseos de tomar las bridas de nuevo. Sin embargo, pronto me avergoncé de mi debilidad y continué el camino. Cuando nos dirigimos a la puerta central, noté que estaba entreabierta y vi un rostro de hombre que miraba de reojo. Un momento después, este hombre se adelantaba, se acercaba a mi compañero, llamándole por su nombre, le estrechaba cordialmente la mano y le rogaba que bajara del caballo. Era el mismo señor Maillard, un verdadero *gentleman* a la antigua usanza: hermoso rostro, noble continente, modales exquisitos, dignidad y autoridad, a propósito para producir una buena impresión...

Mi amigo me presentó y expresó mi deseo de visitar el establecimiento; Maillard le prometió que tendría conmigo todas las atenciones posibles. Mi compañero se despidió y desde entonces no le he vuelto a ver.

Cuando se hubo marchado, el director me introdujo en un locutorio excesivamente pulcro, donde se veían, entre otros indicios de gusto refinado, muchos libros, dibujos, vasos de flores e instrumentos de música. Un vivo fuego ardía alegremente en la chimenea. En el piano, cantando un aria de Bellini, estaba sentada una mujer joven y muy bella, que, a mi llegada, interrumpió su canto y me recibió con una graciosa cortesía. Hablaba en voz baja y había en todos sus modales algo de atormentado. Creí ver huellas de dolor en todo su rostro, cuya palidez excesiva no dejaba de tener cierto encanto, a mis ojos, al menos. Estaba vestida de riguroso luto, y despertó en mi corazón un sentimiento mezclado de respeto, de interés y de admiración.

Había oído decir en París que la casa de salud de M. Maillard estaba organizada conforme a lo que generalmente se llama *sistema de benignidad*; que se evitaba el empleo de todo castigo; que no se recurría a la reclusión sino muy de tarde en tarde; que los enfermos, vigilados secretamente, gozaban en apariencia de una gran libertad, y que podían casi siempre circular por la casa y por los jardines en la traza ordinaria de las personas que están en sus cabales.

Todos estos detalles estaban presentes en mi ánimo; por eso me cuidé muy bien de lo que podía hablar ante la señora joven; porque nada me certificaba que estuviese en el pleno dominio de su razón; en efecto, había en sus ojos cierto brillo inquieto que me inducía casi a creer que no estaba plenamente cuerda. Restringí, pues, mis observaciones a temas generales o a los que creía que no podían desagradar a una loca ni siquiera excitarla. Respondió a todo lo que le dije de una manera perfectamente sensata, y sus observaciones personales estaban robustecidas por el más sólido buen sentido. Pero un detenido estudio de la fisiología de la locura me había enseñado a no fiarme de semejantes pruebas de salud moral, y continué, durante toda la entrevista, practicando la prudencia que había empleado al principio.

En este momento, un criado muy elegante trajo una bandeja cargada de frutas, de vinos y de refrescos, de los cuales me hicieron participar; al poco tiempo, la dama abandonó la sala. Después que hubo salido, dirigí a mi huésped una mirada interrogante.

—No –dijo– ¡Oh, no! Es una persona de mi familia... una mujer perfectamente correcta...

—Le pido mil perdones por la sospecha –repliqué–; pero sabrá usted disculparme. La excelente administración de su sanatorio es muy conocida en París, y yo creí que sería posible, después de todo...; ¿comprende usted?...

—Sí, sí, no me diga más; yo soy más bien quien debo darle las gracias por la muy loable prudencia que ha mostrado. Encontramos rara vez tanta cautela en los jóvenes y más de una vez hemos presenciado deplorables incidentes por la ligereza de nuestros visitantes. Durante la aplicación de mi sistema, y cuando mis enfermos tenían el privilegio de pasear por todos los sitios a su capricho, caían algunas veces en crisis peligrosas a causa de las personas irreflexivas, invitadas a visitar nuestro establecimiento. Me he visto, pues, forzado a imponer un riguroso sistema de exclusión, y en lo sucesivo nadie ha podido tener acceso a nuestra casa si yo no podía contar con su discreción.

—¿Durante la aplicación de su primer sistema? –le dije, repitiendo sus propias palabras–. ¿Debo entender con eso que el *sistema de benignidad*, de que tanto se me habló, ha cesado de ser aplicado aquí?

—Hace ahora unas semanas –replicó– que hemos decidido abandonarlo para siempre.

—En verdad, me asombra usted.

—Hemos juzgado absolutamente necesario –dijo, exhalando un suspiro– volver a los viejos errores. El sistema de lenidad era un espantoso peligro en todos los momentos y sus ventajas se han evaluado con plusvalía exagerada. Creo, señor mío, que si alguna vez se ha hecho una prueba leal y sincera, ha sido en esta casa misma. Hemos hecho todo lo que razonablemente podía sugerir la humanidad. Siento que no nos haya hecho usted una visita en época anterior. Hubiera usted podido juzgar por sí mismo. Pero supongo que está usted al corriente del *tratamiento de benignidad* en todos sus detalles.

—Nada absolutamente. Lo que yo sé, lo sé de tercera o cuarta mano.

—Definiré, pues, el sistema en términos generales; un sistema en que el enfermo era tratado con cariño, un sistema de *dejar hacer*. No contrariábamos ninguno de los caprichos que se incrustaban en el cerebro del enfermo. Por el contrario, no sólo nos prestábamos a ellos, sino que los alentábamos, y así hemos podido operar un gran número de curaciones radicales. No hay razonamiento que impresione tanto la razón debilitada de un demente como *la reducción al absurdo*. Hemos tenido hombres, por ejemplo, que se creían pollos. El tratamiento consistía en ese caso en reconocer y en aceptar el caso como un hecho evidente; en acusar al enfermo de estupidez, porque no reconocía su caso como un caso positivo, y desde luego, en negarle durante una semana toda otra alimentación que la que corresponde propiamente a un pollo. Gracias a este método bastaba un poco de grano y de mijo para operar milagros.

—Pero esta especie de aquiescencia a la monomanía por vuestra parte, ¿era todo lo que constituía el método?...

—No. Teníamos gran fe también en las diversiones de índole sencilla, tales como la música, el baile, los ejercicios gimnásticos en general, los naipes, cierta clase de libros, etc., etc. Dábamos indicios de tratar a cada individuo por una afección física corriente y no se pronunciaba jamás la palabra *locura*. Un detalle de gran importancia era dar a cada loco el encargo de vigilar las conversaciones de todos los demás. Poner su confianza en la inteligencia o en la discreción de un loco, es ganarle en cuerpo y alma. Por esta causa no podíamos prescindir de una tropa de vigilantes que nos salía muy costosa.

—¿Y no tenía castigos de ninguna clase?

—Ninguno.

—¿Y no encerraba usted jamás a sus enfermos?...

—Muy rara vez. De cuando en cuando, la enfermedad de algún individuo se exaltaba hasta una crisis, o se convertía súbitamente en furor; entonces le transportábamos a una celda secreta por miedo de que el desorden de su cabeza contagiase a los demás y le reteníamos allí hasta el momento en que pudiésemos enviarle a casa de sus parientes o sus amigos, porque no queríamos tener nada que ver con el loco furioso. Por lo general, era trasladado a los hospicios públicos.

—¿Y ahora ha cambiado usted todo eso y cree usted haber acertado?...

—Decididamente, sí. El sistema tenía sus inconvenientes y aún sus peligros. Actualmente, está condenado, ¡a Dios gracias!..., en todas las casas de salud de Francia.

—Estoy muy sorprendido –dije– de todo lo que me cuenta usted...

—Pero llegará un día en que aprenda usted a juzgar por sí mismo todo lo que acontece en el mundo, sin fiarse de la charla de otro. No crea usted nada de lo que oiga decir y no crea sino la mitad de lo que vea. Ahora bien; con respecto a nuestras casas de salud, es evidente que algún ignaro se ha burlado de usted. Después de comer, cuando haya usted descansado de las fatigas del viaje, tendré sumo gusto en pasearle a través de la casa y hacerle apreciar un sistema que, en mi opinión y en la de todas las personas que han podido apreciar sus resultados, es incomparablemente el mejor y más eficaz de todos los concebidos hasta hoy.

—¿Es su propio sistema? –pregunté–. ¿Un sistema de su invención?...

—Estoy orgulloso –replicó– de confesar que es mío, al menos hasta cierto punto.

Conversé así con M. Maillard durante una hora o dos, durante las cuales me mostró los jardines y los terrenos del establecimiento.

—No puedo –me dijo– dejarle ver a mis enfermos inmediatamente. Para un espíritu sensitivo hay algo siempre más o menos repugnante en esta clase de exhibición y no quiero quitarle el apetito para la comida. Porque comeremos juntos. Puedo ofrecerle ternera a la *Sainte-Menéhould*; coliflores con salsa *aterciopelada*; después de eso un vaso de *Clos-vougeot*; sus nervios quedarán bien vigorizados…

A las seis se anunció la comida y mi anfitrión me introdujo en un amplio comedor donde se había congregado una numerosa bandada, veinticinco o treinta personas en conjunto. Eran, en apariencia, personas pertenecientes a la buena sociedad, seguramente de esmerada educación, aunque sus trajes, a lo que me pareció, fuesen de una ostentación extravagante y participasen algo del fastuoso refinamiento de la antigua corte de Francia.[1]

Observé también que las dos terceras partes de los convidados eran mujeres, y que algunas de ellas no estaban vestidas conforme a la moda que un parisiense de hoy considera como el buen gusto del día.

[1]   A propósito de la ternera a la *Sainte-Menéhould*, de la *salsa aterciopelada*, de la antigua corte, etc., conviene no olvidar que el autor es norteamericano y que, como todos los autores ingleses y *yankees*, tienen la manía de emplear términos franceses y de hacer ostentación de ideas francesas, términos e ideas algo pasadas de moda. – *Nota de Charles Baudelaire.*

Muchas señoras que no tenían menos de setenta años, estaban adornadas con profusión de cadenas, dijes, sortijas, brazaletes y pendientes, todo un surtido de bisutería, y mostraban sus senos y sus brazos ofensivamente desnudos. Noté igualmente que muy pocos de esos trajes estaban bien cortados o, al menos, muy pocos se adaptaban a las personas que los llevaban. Mirando a mi alrededor, descubrí a la interesante jovencita a quien M. Maillard me había presentado en la sala de visitas; pero mi sorpresa fue enorme al verla emperifollada con una enorme falda de volantes, con zapatos de tacón alto y un gorrito de encaje de Bruselas, demasiado grande para ella, tanto que daba a su figura una ridícula apariencia de pequeñez. La primera vez que yo la había visto, iba vestida de luto riguroso, que le sentaba a maravilla. En suma, había un aire de extravagancia en toda la indumentaria de esta sociedad, que me trajo a la mente mi idea primitiva del *sistema de benignidad* y me hizo pensar que M. Maillard había querido ilusionarme hasta el final de la comida por miedo a que experimentase sensaciones desagradables durante el ágape, dándome cuenta de que me sentaba a la mesa con unos lunáticos. Pero me acordé de que me habían hablado en París de los provincianos del Mediodía como de personas singularmente excéntricas y obsesionadas por una multitud de ideas rancias; y, además, hablando con algunos de los convidados, pronto sentí disiparse por completo mis aprensiones...

El comedor, aunque ofreciese algunas comodidades y tuviese buenas dimensiones, no ostentaba toda la elegancia deseable. Así, el pavimento casi no estaba alfombrado; es cierto que esto ocurre con frecuencia en Francia. Las ventanas no tenían visillos; las contraventanas, cuando estaban cerradas, se hallaban sólidamente sujetas por barras de hierro, fijas en diagonal, a la manera usual de las cerraduras de las tiendas. Observé que la sala formaba, por sí sola, una de las alas del castillo y que las ventanas ocupaban así tres lados del paralelogramo, pues la puerta estaba colocada en el cuarto lado. No había menos de diez ventanas en total.

La mesa estaba espléndidamente servida; cubierta de vajilla lisa y sobrecargada de toda clase de golosinas. Era una profusión absolutamente barroca. Había manjares bastantes para regodear a los Anakim. Jamás había contemplado en mi vida tanta monstruosa ostentación, tan extravagante derroche de todas las cosas buenas que la vida ofrece; pero había poco gusto en el arreglo del servicio; y mis ojos, acostumbrados a luces tenues, sentíanse heridos vivamente por el prodigioso brillo de una multitud de bujías, en candelabros de plata que se habían puesto sobre la mesa y diseminado en toda la sala, donde quiera que se había podido encontrar un sitio. El servicio lo hacían muchos domésticos diligentísimos, y, en una gran mesa, al fondo de la sala, estaban sentadas siete u ocho personas con violines, flautas, trombones y un tambor. Estos buenos mozos, en determinados intervalos de tiempo, durante la comida, me fatigaron mucho con una infinita variedad de ruidos, que tenían la pretensión de ser música, y que, al parecer, causaban un vivo placer a los circunstantes; bien entendido, con excepción mía.

En fin, yo no podía dejar de pensar que había cierta extravagancia en lo que veía; pero, después de todo, el mundo está compuesto de toda clase de gentes, que tienen maneras de pensar muy diversas y una porción de usos completamente convencionales. Y, además, yo había viajado lo bastante para ser un perfecto adepto del *nihil admirari*; por consiguiente, tomé tranquilamente asiento al lado de mi anfitrión y, dotado de excelente apetito, hice los honores a esta buena comida.

La conversación era animada y general. Pronto vi que esta sociedad estaba compuesta, casi por completo, de gentes bien educadas, y mi huésped por sí solo era un tesoro de anécdotas alegres. Parecía que se disponía a hablar de su posición de director de una casa de salud, y con gran sorpresa mía, la misma locura sirvió de tema de conversación favorita a todos los convidados.

—Tuvimos aquí en una ocasión un gracioso –dijo un señor grueso sentado a mi derecha– que se creía tetera; y, dicho sea de paso, ¿no es notable que este capricho particular entre tan frecuentemente en el cerebro de los locos? No hay, acaso, en Francia un manicomio que no pueda suministrar una tetera humana. *Nuestro* señor era una tetera de fabricación inglesa y *tenía* cuidado de limpiarse él mismo todas las mañanas con piel de gamuza y blanco de España.

—Y, además –dijo un hombre alto que estaba precisamente enfrente–, hemos tenido, no hace mucho tiempo, un individuo a quien se le había metido en la cabeza que era un asno, lo cual, metafóricamente hablando, diréis, era perfectamente cierto. Era un enfermo muy fatigoso y teníamos que tener mucho cuidado para que no se propasara. Durante muchísimo tiempo no quiso comer más que cardos; pero le curamos pronto de esta idea, insistiendo en que no comiera otra cosa. Se entretenía sin cesar en cocear así... sabéis... así...

—¡Señor de Kock!, le agradecería mucho que se contuviese usted –interrumpió entonces una señora anciana sentada al lado del orador–. Guarde, si le parece, las coces para usted. ¡Me ha estropeado usted mi vestido de brocado! ¿Es necesario aclarar una observación de un modo tan material? Nuestro amigo que está aquí lo comprenderá igualmente sin esta demostración física. Palabra que es usted casi tan asno como ese pobre loco que creía serlo. Su agilidad en cocear es completamente natural, tan cierto como yo soy quien soy...

—¡Mil perdones, señorita! –respondió el señor de Kock, interpelado de esta manera–. ¡Mil perdones! Yo no tenía intención de ofenderla. Señorita Laplace: el señor de Kock solicita el honor de brindar una copa de vino con usted.

Entonces, el señor de Kock, se inclinó, le besó ceremoniosamente la mano y bebió el vino que le ofreció la señorita Laplace.

—Permítame usted, amigo mío –dijo M. Maillard dirigiéndose a mí–, permítame ofrecerle un pedazo de esta ternera a la *Sainte-Menéhould*; la encontrará usted delicadísima...

Tres robustos criados habían conseguido depositar, sin riesgo, sobre la mesa, un enorme plato, que más bien parecía un barco, conteniendo lo que yo suponía ser el

monstruum horrendum, informe, ingens, cui lumen ademptun.

Un examen más atento me confirmó, no obstante, que sólo era una ternera asada, entera, apoyada en sus rodillas, con una manzana entre los clientes, según la moda usada en Inglaterra para servir una liebre.

—No, muchas gracias –repliqué–; para decir verdad, no tengo una gran debilidad por la ternera a la *Sainte*... ¿cómo dice usted?, porque, generalmente, no me sienta bien. Le suplico que haga cambiar este plato y que me permita probar algo de conejo.

Había sobre la mesa algunos platos laterales, que contenían lo que me parecía ser conejo casero, a la francesa; un bocado delicioso que me permito recomendaros.

—¡Pedro! –gritó mi anfitrión–, cambie el plato del señor y sírvale un pedazo de ese conejo *al gato*...

—¿De ese... qué? –interrogué.

—De ese conejo *al gato*.

—¡Ah, pues lo agradezco mucho!... Pensándolo bien, renuncio a comerlo y prefiero servirme un poco de jamón.

En realidad (pensaba yo) no sabe uno lo que come en la mesa de estas personas de provincia. No quiero saborear conejo *al gato* por la misma razón que no querría probar gato *al conejo*.

—Y luego –dijo un personaje de figura cadavérica, colocado al extremo de la mesa, reanudando el hilo de la conversación donde se había interrumpido–, entre otras extravagancias, hemos tenido en cierta época a un enfermo que se obstinaba en creerse un queso y que se paseaba con un cuchillo en la mano, invitando a sus amigos a cortar, para saborearlo, un pedacito de su muslo.

—Era, sin duda, un loco perdido –interrumpió otra persona–; pero no se podía comparar con un individuo que todos hemos conocido, con excepción de este caballero extranjero. Me refiero al hombre que se figuraba ser una botella de champagne y que hablaba siempre con un pau... pau... y un pschi... i... i..., de esta manera.

Entonces el orador, muy torpemente, a mi juicio, metió su pulgar derecho bajo su carrillo izquierdo, y lo retiró bruscamente con un ruido semejante al estallido de un corcho que salta, y luego, por un hábil movimiento de lengua sobre los dientes, produjo un silbido agudo, que duró algunos minutos, para imitar el borboteo del champagne. Esta mímica no fue grata a M. Maillard, por lo que pude observar; no obstante, no dijo nada. Entonces la conversación fue reanudada por un hombre menudo, muy flaco, con una gran peluca.

—Había también –dijo– un imbécil que se creía una rana, animal al cual se asemejaba extraordinariamente, dicho sea de paso. Quisiera que lo hubiese usted visto, señor (se dirigía a mí); le hubiera causado alegría ver el aire de naturalidad que daba a su papel. Señor, si este hombre no era una rana, puedo decir que era una gran desgracia que no lo fuese. Su croar era, aproximadamente, así: ¡O... o... o...

güe... o... ooo... güe...!... Salía verdaderamente la nota más limpia del mundo; ¡un sí bemol!, y cuando ponía los codos sobre la mesa de esta manera, después de haber bebido una o dos copas de vino, y distendía su boca así, y giraba sus ojos de esta manera, y luego los hacía pestañear con excesiva rapidez, así, ¿ve usted?... señor, le juro de la manera más seria y positiva que hubiera usted caído en éxtasis ante la genialidad de este hombre.

—No lo dudo –respondí.

—Había también (dijo otro personaje) un tal Petit Gaillard que se creía una dedadita de tabaco y que estaba desconsolado de no poder cogerse a sí mismo entre su índice y su pulgar.

—Hemos tenido también a Julio Deshoulières, que era verdaderamente un genio singular y que se volvió loco sugestionado por la idea de que era una calabaza. Perseguía sin cesar al cocinero para conseguir que le pusiera en compota, cosa a la cual el cocinero se negaba con indignación. ¡Por mi parte, no afirmaré que una tarta *a la Deshoulières* no fuese un manjar exquisito, en verdad!...

—Me asombra usted –dije.

Y miré a M. Maillard con ademán interrogativo.

—¡Ah, ah! –dijo éste– ¡eh, eh!, ¡ih, ih!, ¡oh, oh, oh!, ¡uh, uh, uh!... Excelente, en verdad. No debe usted asombrarse, amigo mío; este señor es un extravagante, un gran bromista; no hay que tomar al pie de la letra lo que dice...

—¡Oh!... –dijo otra persona de la reunión–. Pero también hemos conocido a Buffon-Legrand, otro personaje muy extraordinario en su género. Se le trastornó el cerebro por una pasión amorosa y se imaginó que era poseedor de dos cabezas. Afirmaba que una de ellas era la de Cicerón; en cuanto a la otra, se la imaginaba compuesta, siendo la de Demóstenes desde la frente hasta la boca y la de lord Brougham desde la boca hasta el remate de la barbilla. No sería imposible que estuviese engañado; pero os hubiera convencido de que tenía razón, porque era un hombre de gran elocuencia. Tenía verdadera pasión por el arte oratorio y no podía contenerse en manifestarlo. Por ejemplo, tenía la costumbre de saltar así sobre la mesa y luego...

En ese momento, un amigo del orador sentado a su lado, le puso la mano en el hombro y le cuchicheó algunas palabras al oído; al oír esto, el otro cesó inmediatamente de hablar y se dejó caer sobre la silla.

—Y luego –dijo el amigo, el que había hablado en voz baja– hubo también un tal Boulard, la girándula. Le llamo la girándula porque estuvo atacado de la manía singular acaso, pero no absolutamente insensata, de creerse transformado en veleta. Hubierais muerto de risa al verle girar. Pirueteaba sobre sus talones de esta manera: vea usted...

Entonces, el amigo a quien él había interrumpido un momento antes, le prestó exactamente a su vez el mismo servicio.

—Pero –exclamó una anciana con voz chillona– vuestro M. Boulard era un loco y un loco muy estúpido además. Porque, permítame preguntarle: ¿quién ha oído hablar jamás de una veleta humana? La cosa es absurda en sí misma. Madame Joyeuse era una persona más sensata, como usted sabe. También tenía su manía, pero una manía inspirada por el sentido común, y que causaba gran satisfacción a todos los que tenían el honor de conocerla. Había descubierto, tras madura reflexión, que había sido transformada, por un singular accidente, en gallo; pero en su calidad de gallo, se comportaba normalmente. Batía las alas así, con un esfuerzo prodigioso, y su canto era deliciosísimo... ¡Coo... o... queri... coo... o...! ¡Coo... o... queri... coo... oo... o... o... o...!

—Madame Joyeuse, le ruego que procure contenerse –interrumpió nuestro anfitrión con cólera–. Si no quiere usted conducirse correctamente como una dama debe hacerlo, puede usted abandonar la mesa inmediatamente. ¡Elija usted!...

La dama (a quien yo quedé asombrado de oír nombrar madame Joyeuse, después de la descripción de madame Joyeuse que ella acababa de hacer) se ruborizó hasta las pestañas y pareció profundamente humillada por la reprimenda. Bajó la cabeza y no respondió ni una sílaba. Pero otra dama más joven reanudó el tema de conversación. Era la hermosa muchacha de la sala de visitas.

—¡Oh! –exclamó–. ¡Madame Joyeuse era una loca! Pero había mucho sentido común en la fantasía de Eugenia Salsafette. Era una hermosísima joven, de aire modesto y contrito, que juzgaba muy indecente la costumbre vulgar de vestirse y que quería vestirse siempre poniéndose fuera de sus ropas, no dentro. Es cosa muy fácil de hacer así... y luego así... y después... y finalmente...

—¡Dios mío! ¡Señorita Salsafette! –exclamaron una docena de voces a coro–. ¿Qué hace usted?

¡Conténgase!... ¡Basta! ¡Ya vemos cómo puede hacerse! ¡Basta!...

Y varias personas saltaban ya de las sillas para impedir a la señorita Salsafette ponerse igual que la Venus de Médicis, cuando el resultado apetecible fue súbita y eficazmente logrado por consecuencia de los gritos o de los aullidos que provenían de algún departamento principal del castillo. Mis nervios se sintieron muy impresionados, si he de decir la verdad, por esos aullidos, pero los otros convidados me causaron lástima. Nunca he visto en mi vida reunión de personas sensatas tan absolutamente empavorecida. Se tornaron todos pálidos como cadáveres, saltaban sobre la silla, se estremecían y castañeteaban de terror y parecían esperar con oídos ansiosos la repetición del mismo ruido. Se repitió, en efecto, con tono más alto y como aproximándose; y luego una tercera vez, muy fuerte, muy fuerte, y, por fin, una cuarta vez, con energía que iba en descenso. Ante este aparente apaciguamiento de la tempestad, toda la reunión recobró inmediatamente su alegría y su animación y las anécdotas pintorescas comenzaron de nuevo. Me aventuré entonces a indagar cuál era la causa de ese ruido.

—Una bagatela –dijo M. Maillard–. Estamos ya fatigados de ello y nos preocupamos muy poco. Los locos, a intervalos regulares, se ponen a aullar a coro, excitándose el uno al otro, y llegando a veces a formar como una jauría de perros por la noche. Ocurre también de cuando en cuando que ese concierto de aullidos va seguido de un esfuerzo simultáneo de todos para evadirse; en ese caso, hay quien siente algún temor, naturalmente.

—¿Y cuántos tenéis ahora encerrados?

—Por ahora, diez entre todos.

—Supongo que mujeres, principalmente...

—¡Oh, no! Todos hombres y robustos mozos; se lo puedo afirmar.

—La verdad es que yo había oído decir siempre que la mayoría de los locos pertenecía al sexo amable.

—En general, sí; pero no siempre. Hace algún tiempo teníamos aquí unos veintisiete enfermos y de este número no había menos de dieciocho mujeres; pero desde hace poco, las cosas han cambiado mucho, como veis.

—Sí, han cambiado mucho... como veis –interrumpió el señor que había destrozado la tibia de mademoiselle Laplace.

—Sí, han cambiado mucho, como veis –clamó al unísono la sociedad.

—¡Cállense ustedes, cállense!... ¡Contengan la lengua!... gritó mi anfitrión, en un acceso de cólera.

Al oír esto, toda la reunión guardó durante un minuto un silencio de muerte. Hubo una dama que obedeció al pie de la letra a M. Maillard, es decir, que, sacando la lengua, una lengua excesivamente larga, la agarró con las dos manos y la tuvo así con mucha resignación hasta el fin del banquete.

—Y esta señora –dije yo a M. Maillard, inclinándome hacia él y hablándole en voz baja–, esta excelente dama que hablaba hace un momento y que nos lanzaba su *¡coquericó!* y *¡kikirikí!*, ¿es absolutamente inofensiva, totalmente inofensiva, eh?

—¡Inofensiva! –exclamó con sorpresa no fingida–. ¿Cómo? ¿Qué quiere usted decir?

—¿No está más que ligeramente atacada? –dije yo, señalándome la frente–. Supongo que no está peligrosamente afectada, ¿eh?

—¡Dios mío! ¿Qué se imagina usted? Esta dama, mi particular y antigua amiga, madame Joyeuse, tiene el cerebro tan sano como yo. Padece de algunas nimias excentricidades, sin duda alguna; pero ya sabéis que todas las ancianas, todas las señoras *muy* ancianas son más o menos excéntricas...

—Sin duda alguna –dije–, sin duda. ¿Y el resto de esas señoras y señores...?

—Todos son mis amigos y mis guardianes –interrumpió monsieur Maillard, irguiéndose con altivez–; mis excelentes amigos y mis ayudantes.

—¿Cómo? ¿Todos ellos? –pregunté–. ¿Y las mujeres también, sin excepción?...

—Indudablemente –dijo–. No podríamos hacer nada sin las mujeres; son las mejores enfermeras del mundo para los locos; tienen una manera suya especial, ¿sabe usted? Sus ojos producen efectos maravillosos, algo como la fascinación de la serpiente, ¿sabe usted?...

—Seguramente –dije yo–, seguramente. Se conducen de un modo algo extravagante, ¿no es eso? Tienen algo de original... ¿No le parece a usted?

—¡Extravagante! ¡Original! ¡Cómo! ¿Opina usted así?... A decir verdad, en el Mediodía no somos hipócritas; hacemos todo lo que nos agrada; gozamos de la vida; y todas esas costumbres, ya comprende usted...

—Perfectamente –dije–, perfectamente...

—Y luego ese *Clos-vougeot* es algo capitoso, ¿comprende usted?; un poco cálido, ¿no es eso?

—Seguramente –dije yo–, seguramente. Entre paréntesis, señor, ¿no le he oído yo decir que el sistema adoptado por usted, en sustitución del famoso *sistema de benignidad*, era de una severidad rigurosa?...

—De ningún modo. La reclusión es absolutamente rigurosa, pero el tratamiento –el tratamiento médico, quiero decir– es agradable para los enfermos.

—¿Y el nuevo sistema es de su invención?

—Nada de eso, absolutamente. Algunos aspectos de mi sistema deben ser atribuidos al Profesor *Goudron* (Alquitrán), del cual ha oído usted forzosamente hablar; y hay en mi plan modificaciones que me es grato reconocer como pertenecientes de derecho al célebre *Plume* (Pluma), a quien ha tenido usted el honor, si no me engaño, de conocer íntimamente.

—Me siento avergonzado de confesar –repliqué– que hasta ahora jamás había oído pronunciar los nombres de esos señores.

—¡Cielo santo! –exclamó mi anfitrión, retirando bruscamente la silla y levantando las manos en alto–. ¡Es posible que yo le haya entendido mal!... ¿No habrá querido usted decir, verdad, que no ha oído usted hablar jamás del erudito doctor *Goudron* ni del famoso profesor *Plume*?...

—Me veo forzado a reconocer mi ignorancia –respondí–; pero la verdad ante todo. Créame que me siento humillado de no conocer las obras de esos dos hombres, sin duda alguna, extraordinarios. Voy a ocuparme de buscar sus escritos y los leeré con estudiosa diligencia. Monsieur Maillard, me ha hecho usted, lo confieso, avergonzarme de mí mismo...

Y era la pura verdad.

—No hablemos más de eso, mi joven y excelente amigo –dijo con bondad, estrechándome la mano–; tomemos cordialmente juntos un vaso de Sauterne.

Bebimos ambos. La reunión siguió el ejemplo sin vacilaciones. Charlaban, bromeaban, reían, realizaban mil extravagancias. Los violines rascaban, el tambor multiplicaba sus rataplanes, los trombones mugían como toros de Phalaris; y toda la cuadrilla, exaltándose a medida que los vinos la dominaban imperiosamente, convirtióse al fin en una especie de pandemonium *in petto*. Sin embargo, M. Maillard y yo, con algunas botellas de *Sauterne* y de *Clos-vougeot* repartidas entre nosotros dos, continuábamos el diálogo a chillidos. Una palabra pronunciada en el diapasón ordinario no hubiera tenido más probabilidades de ser oída que la voz de un pez en el fondo del Niágara.

—Señor –le grité al oído–, me hablaba usted, antes de la comida, del peligro que implica el antiguo *sistema de lenidad*. ¿A qué se refería usted?

—Sí –respondió–, había algunas veces un gran peligro. No es posible darse cuenta de los caprichos de los locos; y, a mi juicio, y asimismo según la opinión del doctor Goudron y del profesor Plume, no es prudente *jamás* dejarles pasearse libremente y sin vigilantes. Un loco puede ser *pacífico*, como suele decirse, por algún tiempo, pero al fin es siempre capaz de turbulencias. Además, su astucia es proverbial y verdaderamente muy grande. Si tiene un plan sabe ocultarlo con maravillosa hipocresía; y la habilidad con que remeda *la lucidez* ofrece al estudio del filósofo uno de los más singulares problemas psíquicos. Cuando un loco parece *completa-mente* razonable, es ocasión, créamelo, de ponerle la camisa de fuerza.

—Pero ese peligro, querido amigo, ¿ese peligro de que usted habla?... Según su propia experiencia, desde que esta casa está bajo su inspección, ¿ha tenido usted una razón material y positiva para considerar peligrosa la libertad en un caso de locura?...

—¿Aquí? ¿Por mi propia experiencia?... Ciertamente, yo puedo responder: ¡sí!... Por ejemplo, *no hace mucho tiempo*, una circunstancia singular se ha presentado en esta misma casa. El *sistema de benignidad*, como usted sabe, estaba entonces en uso y los enfermos se hallaban en libertad. Se conducían *notablemente* bien, a tal punto que toda persona de buen sentido hubiera podido deducir de esa cordura la prueba de que se fraguaba entre estos amigos algún plan diabólico. Y, en efecto, una buena mañana, los guardianes aparecieron atados de pies y manos y arrojados a las celdas donde fueron vigilados por los mismos locos que habían usurpado las funciones de guardianes.

—¡Oh! ¿Qué me dice usted? ¡No he oído hablar jamás, en mi vida, de absurdo semejante!...

—Es un hecho. Todo eso ocurrió, gracias a un necio, a un estúpido, a un loco a quien se le había metido en la cabeza que era el inventor del mejor sistema de gobierno de que se hubiera oído hablar jamás; gobierno de locos, bien entendido. Deseaba dar una prueba de su invento y así persuadió a los otros enfermos de unirse a él en una conspiración para derribar al poder reinante.

—¿Y lo consiguió realmente?...

—Completamente. Los vigilantes y los vigilados tuvieron que trocar sus respectivos papeles, con la diferencia muy importante, sin embargo, de que los locos habían quedado libres mientras que los guardianes fueron inmediatamente secuestrados en calabozos y tratados (me duele confesarlo) de una manera muy poco gentil.

—Pero presumo que ha debido llevarse a cabo muy pronto una contrarrevolución. Esta situación no podía durar mucho tiempo. Los aldeanos de las cercanías y los visitantes que venían a ver el establecimiento habrán dado, sin duda, la voz de alarma.

—Está usted en un error. El jefe de los rebeldes era demasiado astuto para que esto pudiera ocurrir. No admitió en lo sucesivo a ningún visitante: con excepción, por una sola vez, de un caballero joven, de fisonomía muy boba y que no podía inspirarle desconfianza alguna. Le permitió visitar la casa, como para introducir en ella un poco de variedad y para divertirse con él. Inmediatamente que le hubo enseñado todo, le dejó salir...

—¿Y cuánto tiempo ha durado el reinado de los locos?...

—¡Oh, mucho tiempo, en verdad! Un mes, seguramente; no sé si más, acaso, pero no puedo precisarlo. Sin embargo, los locos se daban buena vida; puedo jurárselo. Desecharon sus trajes viejos y raídos, y aprovecharon lindamente el guardarropa de familia y las joyas. Las bodegas del castillo estaban bien provistas de vino y esos demonios de locos son buenos catadores y saben beber bien. Han vivido espléndidamente, se lo aseguro...

—¿Y el tratamiento? ¿Cuál era el género de tratamiento que aplicaba el jefe de los rebeldes?...

—En cuanto a eso, he de decirle que un loco no es necesariamente un necio, como ya se lo he hecho observar, y es mi humilde opinión que su tratamiento era un tratamiento bastante mejor que el que había sido modificado. Era un tratamiento verdaderamente fundamental, sencillo, limpio, sin obstáculo alguno, realmente delicioso... era...

Aquí las observaciones de mi anfitrión fueron bruscamente interrumpidas por una nueva serie de gritos, de la misma calidad de los que ya nos habían desconcertado. Sin embargo, esta vez parecían proceder de personas que se iban acercando rápidamente.

—¡Cielo santo! –exclamé–. Los locos se han escapado, sin duda.

—Me temo que tenga usted razón –respondió M. Maillard, poniéndose entonces terriblemente pálido.

Apenas concluía su frase cuando se hicieron oír grandes clamores e imprecaciones debajo de las ventanas, e inmediatamente después observamos con toda claridad que algunos individuos que estaban fuera se ingeniaban para entrar por maña o por fuerza en la sala. Se golpeaba en la puerta con algo que debía ser un especie de cencerro o un enorme martillo y las contraventanas eran sacudidas y empujadas con prodigiosa violencia.

Siguióse una escena de la más horrible confusión. M. Maillard, con gran asombro mío, se escondió debajo del trinchero. Hubiera esperado de él más resolución y energía. Los miembros de la orquesta, que, desde un cuarto de hora antes, parecían demasiado beodos para ejercer sus funciones artísticas, saltaron sobre sus taburetes y sus instrumentos y, escalando el tablado, atacaron al unísono una marcha, el *Yankee-Doodle*,[1] que ejecutaron, si no con maestría, al menos con una energía sobrehumana, durante todo el tiempo que duró el desorden.

Con todo, el señor a quien antes se le había impedido, con gran dificultad, saltar sobre la mesa, saltó ahora en medio de vasos y botellas. Inmediatamente que estuvo instalado con toda comodidad, inició un discurso que indudablemente hubiera parecido de primer orden si se le hubiera podido oír. En el mismo instante el hombre cuyas predilecciones estaban por la veleta, se puso a piruetear alrededor de la habitación, con inmensa energía, tanto, que tenía el aspecto de una verdadera veleta, derribando a todos los que encontraba a su paso. Y luego, oyendo increíbles petardeos y chorreos inauditos de champagne, descubrí que todo eso procedía del individuo que durante la comida había desempeñado tan bien el papel de botella. Al mismo tiempo, el hombre-rana croaba con todas sus fuerzas, como si la salvación de su alma dependiese de cada nota que profería. En medio de todo ello, se elevaba, dominando todos los ruidos, el interrumpido rebuzno de un asno. En cuanto a mi antigua amiga, madame Joyeuse, parecía

[1] Aire popular norteamericano, que el lector amante de la verdad puede sustituir mentalmente por el aire de la *Carmagnole* o cualquier otro aire popular francés. – *Nota de Charles Baudelaire.*

hallarse atacada de tan horrible perplejidad, que me inspiraba deseos de llorar. Estaba de pie en un rincón, cerca de la estufa, y se contentaba con cantar, a voz en cuello, ¡*coquericó, kikirikí!*

. . . .

Por fin, llegó la crisis suprema, la catástrofe del drama. Como los gritos, los aullidos y los kikirikís eran las únicas formas de resistencia, los únicos obstáculos opuestos a los esfuerzos de los asaltantes, las dos ventanas fueron forzadas rápidamente y casi simultáneamente. Pero no olvidaré jamás mis sensaciones de aturdimiento y de horror cuando vi saltar por las ventanas y precipitarse atropelladamente entre nosotros, gesticulando con las manos, con los pies, con las uñas, un verdadero ejército aullador de monstruos, que primeramente tomé por chimpancés, orangutanes o grandes babuinos negros del Cabo de Buena Esperanza.

Recibí una terrible rociada de agua, y entonces me apelotoné bajo un diván, donde quedé inmóvil. Después de haber permanecido allí un cuarto de hora aproximadamente, durante el cual escuché todo lo que ocurría en la sala, obtuve al fin, con el desenlace, una explicación satisfactoria de esta tragedia. M. Maillard, al contarme la historia del loco que había excitado a sus camaradas a la rebelión, no había hecho sino relatar sus propias fechorías. Este señor había sido, en efecto, dos o tres años antes, director del establecimiento; luego su cerebro se había perturbado y había pasado al número de los enfermos. Este hecho no era conocido del compañero de viaje que me había presentado a él. Los guardianes, en número de diez, habían sido súbitamente atacados, luego bien *alquitranados*, luego cuidadosamente *emplumados*, luego, por fin, secuestrados en los sótanos. Habían estado así encerrados más de un mes, y durante todo ese tiempo M. Maillard no sólo les había concedido generosamente el alquitrán y las plumas (lo cual constituía su *sistema*) sino también... algo de pan y agua en abundancia. Diariamente una bomba impelente les enviaba su ración de duchas...

Al fin, uno de ellos, habiéndose evadido por una alcantarilla, devolvió la libertad a todos los demás.

El *sistema de benignidad*, con importantes modificaciones, ha sido restaurado en el sanatorio de los locos; pero no puedo menos de reconocer, con M. Maillard, que su tratamiento, el suyo *original* y *peculiar*, era, en su género, un tratamiento *fundamental*. Como él mismo hacía observar con exactitud, era *un tratamiento sencillo, limpio, sin dificultad alguna, absolutamente ninguna...*

Sólo he de añadir unas palabras.

Aunque he buscado por todas las bibliotecas de Europa las obras del doctor *Alquitrán* (*Goudron*) y del profesor *Pluma* (*Plume*), no he podido, hasta hoy, a pesar de todos mis esfuerzos, proporcionarme un ejemplar.

La finca de Landor

(Para servir de continuación a *El dominio de Arnheim*).

Durante un viaje a pie que emprendí el verano pasado, a través de uno o dos de los condados ribereños de New York, me encontré, a la caída de la tarde, algo desorientado respecto a la ruta que había de seguir. El terreno era ligeramente onduloso; y, después de una hora, el sendero, como si quisiese internarse en lo hondo de los valles, describía sinuosidades tan complicadas que me era por el momento imposible adivinar en qué dirección estaba situado el lindo pueblo de B..., donde yo había decidido pasar la noche. El sol apenas había *brillado*, estrictamente hablando, durante el día, que, no obstante, había sido cruelmente caluroso. Una niebla como de humo, semejante a la del *verano indio*, envolvía todos los contornos y, naturalmente, aumentaba mi incertidumbre. A decir verdad, no me inquietaba por ello. Si no llegaba al pueblo antes de la puesta del sol o, a lo sumo, antes de que cerrara la noche, era muy posible que se ofreciese pronto a mi vista una granja holandesa o alguna casita por el estilo, aunque, en todas las cercanías, acaso en razón de su carácter más pintoresco que fértil, los caseríos estuviesen muy distanciados. Y, en todo caso, la necesidad de pasar la noche a campo raso, con mi mochila por almohada y mi perro por centinela, era un accidente que me divertía. Habiendo confiado mi fusil a Ponto, mi criado, continué, pues, errando a mi capricho, hasta que al fin, cuando comenzaba a examinar si las numerosas hendiduras que se abrían aquí y allá eran realmente senderos, me interné en la más invitadora de todas, que me condujo a un camino real. Era indiscutible; no había equivocación de ningún género.

Estaban bien visibles huellas de ruedas ligeras, y aunque los altos arbustos y las malezas, excesivamente crecidas, se abrazaban formando túnel, no había en el suelo obstáculo alguno, ni aun para el paso de un carrito de montaña de los que se usan en Virginia, el vehículo más orgulloso de su prosapia que yo conozco. Sin embargo, el camino, a no ser porque atravesaba la selva (si la palabra selva no es demasiado pomposa para designar tal ensamblaje de arbustos) y porque conservaba huellas evidentes de ruedas, no se asemejaba a camino alguno que yo hubiese conocido hasta entonces. Las huellas de que hablo no eran sino muy tenuemente visibles, habiendo sido impresas sobre una superficie sólida, pero suavemente humedecida y que se asemejaba singularmente a terciopelo verde de Génova. Era evidentemente césped, pero césped como sólo lo vemos en Inglaterra: tan corto, tan áspero, tan unido y tan brillante de color. Ni un sólo obstáculo interceptaba el surco del camino, ni un fragmento de leña, ni una brizna de hoja seca. Las piedras que antaño obstruían la senda habían sido cuidadosamente *colocadas,* no arrojadas, a lo largo de los dos bordes del camino, de modo que marcasen el cauce con una especie de precisión negligente muy pintoresca.

Ramilletes de flores silvestres emergían por doquiera, a trechos, con exuberancia.

¿Qué deducir de todo esto? Yo no deducía nada, naturalmente. Adivinábase la mano del arte, indudablemente; no era esto lo que me sorprendía: todos los senderos, en general, son obras de arte; no puede decirse tampoco que hubiese por qué asombrarse del exceso de arte manifestado; todo lo que parecía haberse hecho aquí, podía haberse hecho *con los recursos naturales* (como dicen los libros que tratan de los *jardines-paisajes),* con muy poco esfuerzo y muy poco gasto. No; no era la cantidad, sino *el carácter* de este arte lo que me detuvo y me impulsó a sentarme sobre una de esas piedras florecidas de musgo, para contemplar en todos sus aspectos esa avenida feérica, durante media hora al menos, con arrobamiento. Había algo que a medida que miraba se tornaba más evidente: es que un artista, dotado de un sentido de la vista muy delicado, con respecto a la belleza de las formas, había presidido a todas estas combinaciones. Se había tenido gran cuidado de guardar el justo medio entre la elegancia y la gracia, por una parte, y por otra *lo pintoresco,* entendido en el sentido italiano. Se veían muy pocas líneas rectas, y aun las que había quebrábanse con frecuencia. En general, no se advertía más de dos veces seguidas un mismo efecto, en línea o en color, desde cualquier punto de vista en que se colocase uno. Por todas partes reinaba la variedad en la uniformidad. Era una obra muy retocada, en la cual el gusto del crítico más exigente difícilmente hubiera encontrado algo que reprender.

Al internarme en esta senda me había dirigido hacia la derecha; cuando me levanté, continué en la misma dirección. El camino era tan sinuoso que en ningún momento podía yo adivinar las revirivueltas dos pasos antes. El carácter del paisaje no sufría cambio material alguno.

En este momento, un murmullo de agua corriente hirió suavemente mi oído y algunos segundos después, cuando daba una vuelta al sendero un poco más bruscamente que antes, distinguí un edificio situado al pie de una pendiente muy suave, precisamente delante de mí. No podía ver nada distintamente a causa de la niebla que se agolpaba en el valle inferior. Una ligera brisa comenzó a agitarse cuando el sol se ocultaba, y mientras permanecía en pie sobre lo alto de la pendiente, la niebla se fundió en ondulaciones y flotó por encima del paisaje.

Mientras el escenario se revelaba a mi vista gradualmente, tal como lo describo, trecho a trecho —aquí un árbol, allá un espejear de agua, más allá el remate de una chimenea—, no podía menos de imaginar que el conjunto no era más que alguno de esos ingeniosos ilusionismos presentados algunas veces entre nosotros con el nombre de *cuadros flotantes*.

No obstante, durante el tiempo que la niebla había tardado en desaparecer, el sol había tramontado las colinas desde allí, como si hubiese hecho una ligera *desviación* hacia el sur y había vuelto a mostrarse en pleno esplendor, brillando con color de púrpura, a través de una brecha que se abría en el valle del lado de occidente. Así, como por un poder mági-

co, el valle, con todo lo que contenía, se encontró
de nuevo espléndidamente iluminado.

El primer golpe de vista, cuando el sol se ocultó en
la situación que he indicado, me causó una impresión
casi semejante a la que yo sentía cuando, siendo niño,
asistía a la escena final de algún melodrama o de
algún espectáculo teatral bien forjado. Nada faltaba allí, ni siquiera la monstruosidad del color; porque
la luz del sol emergía de la brecha del valle, teñida
de púrpura y anaranjado, y el verde brillante del
césped del valle se reflejaba con más o menos intensidad en todos los objetos que envolvía esta cortina
de humo, que queda suspendida en los aires, como
si le repugnase alejarse de un espectáculo tan mara-
villosamente bello.

El valle en que mi vista se sumergía ahora, bro-
tando de este pabellón de bruma, no tenía más de cua-
trocientas yardas de largo; su anchura variaba de
cincuenta a ciento cincuenta, acaso a doscientas. Era
más angosto en su parte septentrional y se ensancha-
ba al avanzar hacia el sur, pero sin mucha precisión
ni regularidad. La parte más ancha era de unas ochenta yardas en el extremo meridional. Los oteros que
limitaban el valle no hubieran podido ser honrados
con el nombre de colinas, excepto por el lado del
norte. Allí, una escarpada roca de granito se elevaba
a una altura de ochenta pies, aproximadamente; y
como he hecho observar ya, el valle, en este lugar, no
tenía más de cincuenta pies de anchura; pero a medida que el visitante descendía de estos peñascos hacia el
Sur, encontraba a derecha e izquierda declives menos
elevados, menos abruptos, menos rocosos. En una

palabra, todo iba descendiendo y suavizándose hacia el sur; y sin embargo, todo el valle estaba rodeado de un cinturón de prominencias más o menos altas, excepto por dos puntos. Ya he mencionado uno de ellos. Se encontraba colocado hacia el noroeste, allí donde el sol poniente, como ya he explicado, se abría un camino en el anfiteatro, por una brusca trinchera abierta en el baluarte de granito; esta hendidura podía tener diez yardas de ancho en su mayor anchura, tan lejos como podía alcanzar la vista. Parecía subir como una avenida natural hacia los retiros de las montañas y de los bosques inexplorados. La otra abertura estaba situada directamente en el extremo meridional del valle. Allí las colinas ya no eran, en general, más que muelles inclinaciones, extendiéndose del este al oeste en un espacio de cincuenta yardas aproximadamente. A la mitad de esta extensión, había una depresión que descendía hasta el nivel del suelo del valle. En lo que se refería a la vegetación, así como en todo lo demás, el paisaje iba *decreciendo y suavizándose* hacia el sur. Al norte, por encima del precipicio rocoso, a unos pasos del borde, se elevaban los magníficos troncos de numerosos *Kickories,* nogales, castaños, mezclados con algunas encinas; y en las grandes cimas laterales, proyectadas principalmente por los nogales, se desplegaban por encima de la arista de la roca. Avanzando hacia el sur, el explorador encontraba primeramente la misma clase de árboles; pero éstos eran cada vez menos elevados y se alejaban cada vez más de los tipos favoritos de Salvator; luego se erguía el olmo, más amable, al cual sucedían el sasafrás y el algarrobo; luego se ofrecían especies de un carácter algo más suave: el tilo, el *redbud*, el catalpa y el sicomoro, seguidos a su vez de variedades cada vez más graciosas y modestas. Toda la superficie de la colina meridional estaba sencillamente cubierta de arbustos salvajes, a excepción de un sauce gris o de un álamo blanco que surgían aquí y allá. En el fondo del valle (porque se debe recordar que la vegetación que se ha descrito hasta ahora no cubría más que las rocas o las colinas) no se distinguían más que árboles aislados. Uno era un olmo de buena altura y de forma admirable que hacía de centinela en la puerta meridional del valle. El segundo era un *Kickory*, mucho más grueso que el olmo; en suma, un árbol mucho más bello, aunque ambos lo fueran en exceso. Parecía ejercer el cargo de vigilar la entrada del noroeste. Surgía de un grupo de rocas en el interior del cauce y proyectaba a lo lejos su cuerpo gracioso en la luz del anfiteatro, según un ángulo de cuarenta y cinco grados aproximadamente. Pero casi a treinta yardas, al oriente de este árbol, se erguía la gloria del valle, el árbol más magnífico, sin duda alguna, que yo haya visto en mi vida, excepto acaso entre los cipreses del Itchiatuckaneo. Era un tulipanero de triple tronco, *liriodendron tulipiferum,* del orden de las magnolias.

Sus tres tallos se separaban del tallo-padre a tres pies aproximadamente del suelo y, divergiendo lenta y gradualmente, no estaban espaciados en más de cuatro pies, a tal punto que el más grueso se expansionaba en follaje, es decir, en una elevación de unos ochenta pies. La altura total del tallo principal era de ciento veinte pies. No hay nada que pueda superar en belleza a la forma y el color verde, brillante, refulgente, de las hojas del tulipanero. En este caso, las hojas tenían ocho pulgadas de ancho; pero su gloria misma era eclipsada por el esplendor fastuoso de una extravagante floración. ¡Figuraos, estrictamente condensado, un millón de tulipanes, de los más pomposos y de los más resplandecientes!... Es para el lector, el único medio de formarse idea del cuadro que quisiera pintarle. Añadid la gracia imponente de los tallos, en forma de columnas, netas, puras, finamente granuladas, teniendo el más grueso cuatro pies de diámetro a veinte pies del suelo. Las innumerables flores, uniéndose a las de otros árboles no menos bellos, aunque infinitamente menos majestuosos, llenaban el valle de aromas, más exquisitos que los de Arabia.

El suelo general del anfiteatro estaba revestido de un césped semejante al que yo había encontrado en la ruta; más deliciosamente suave acaso, más espeso, más aterciopelado y más milagrosamente verde. Era difícil comprender cómo se había podido lograr tal grado de belleza.

He hablado ya de las dos aberturas en el valle. De la que estaba al noroeste, brotaba un arroyuelo cuyo torrente descendía, con un suave murmullo y una ligera espuma, hasta que se estrellaba contra el grupo de rocas donde surgía el *Kickory* aislado. Allí, después de haber rodeado el árbol, inclinábase un poco hacia el noroeste, dejando el tulipanero a veinte pasos hacia el sur, y no haciendo más desviación sensible en su curso hasta que llegaba al punto intermedio entre las fronteras del este y del oeste del valle. A partir de ese punto, después de una serie de curvas, desviábase en ángulo recto, y tendía generalmente hacia el sur, serpenteando en ocasiones y cayendo al fin en un lago de forma irregular, aunque burdamente oval, que espejeaba en el extremo inferior del valle. Este lago tenía acaso cien yardas de diámetro en su mayor anchura. Ningún cristal hubiera podido rivalizar en claridad con sus aguas. El fondo, que se distinguía claramente, constaba únicamente de guijarros de una blancura esplendorosa. Las márgenes, revestidas de ese césped de esmeralda ya descrito, redondeadas en curvas, más bien que cortadas en talud, se perdían de vista en la línea del cielo claro; y ese cielo era tan nítido y reflejaba tan netamente todos los objetos, que era verdaderamente difícil determinar el punto en que la verdadera ribera terminaba y comenzaba la ribera reflejada. Las truchas y algunas otras variedades de pescados, de los cuales parecía hormiguear, por decirlo así, el estanque, tenían un aspecto exactísimo de verdaderos peces volantes. Era casi imposible figurarse que no estuviesen suspendidos en los aires. Una ligera piragua de abedul, que se posaba tranquilamente sobre el agua, reflejaba sus más mínimas fibras con una fidelidad que no hubiera superado el espejo más perfectamente pulimentado. Una islita, amable y sonriente, con flores en pleno brote –lo bastante grande para que cupiese una construcción diminuta y pintoresca, semejante a una cabaña destinada a los pájaros–, se elevaba sobre el lago, no lejos de la ribera septentrional, a la cual se unía por un puente que, aunque de una estructura muy rústica y primitiva, tenía un aspecto increíblemente ligero y elegante. Estaba formado de una sola plancha de tulipanero, ancha y densa. Ésta tenía cuarenta pies de largo y abarcaba todo el espacio de una ribera a otra, apoyándose en un solo arco, muy esbelto, pero muy visible, destinado a impedir toda oscilación. Del extremo sur del lago, fluía una continuación del río que, después de haber serpenteado durante treinta yardas aproximadamente, cruzaba a través de esta depresión, ya descrita, situada en medio de las colinas del sur, y cayendo bruscamente al fondo de un precipicio de un centenar de pies, se abría un cauce, llevando su curso vagabundo e inadvertido hacia el Hudson.

El lago tenía en algunos puntos una profundidad de treinta pies, pero la del río rara vez excedía de tres pies y su mayor anchura era de ocho pies, aproximadamente. El fondo y las márgenes eran semejantes a los del estanque; si había algún defecto que reprocharles desde el punto de vista de lo pintoresco, era su excesiva *nitidez*.

Sobre la sábana del césped se levantaba aquí y allá algún arbusto colorido, tal como la hortensia, la *bola de nieve* común o la jeringuilla aromática; o con más frecuencia aún, un grupo de geranios, de especies variadas, magníficamente florecidos. Estos últimos se entrecruzaban en tiestos cuidadosamente enterrados en el suelo, de modo que les daban la apariencia de plantas indígenas. Además, el terciopelo de la hierba estaba deliciosamente moteado de una multitud de carneros que erraban por el valle, en compañía de tres gamos domesticados y de un gran número de patos de un plumaje brillante. Un mastín formidable parecía tener el encargo de vigilar a todos esos animales, sin excepción.

A lo largo de las colinas del oriente y del occidente, hacia la parte superior del anfiteatro, allí donde los límites del valle eran más escarpados, crecía en profusión la hiedra, de suerte que la vista apenas podía divisar aquí y allá un fragmento de la roca desnuda. Del mismo modo, el precipicio del norte estaba casi por completo revestido de viñas de ubérrima opulencia, y algunas de las plantas brotaban del suelo o de la base de la roca, y otras estaban colgadas en las salientes del muro.

La suave eminencia que formaba la frontera de esta diminuta finca, estaba coronada por un muro de piedra unida, de altura suficiente para impedir que los gamos se evadiesen. Ninguna valla se veía por otro lado; porque en ninguna parte, excepto allí, se necesitaba una barrera artificial; si algún carnero, al desviarse, hubiese intentado salir del valle por el desfiladero, hubiera encontrado, al cabo de algunas yardas, su paso interceptado por la escarpada saliente de la roca, de donde caía la cascada que había llamado al principio mi atención, cuando me había aproximado a la finca. En suma, no había otra entrada ni otra salida que una verja, que cortaba un callejón rocoso en el camino, a unos pasos del sitio en que yo me había detenido a contemplar el paisaje.

Ya he dicho que el río serpenteaba muy irregularmente en todo su curso. Sus dos direcciones principales, como ya he hecho observar, eran: primero, de occidente a oriente y, luego, de norte a sur. En tal sitio, donde había un recodo, huía hacia atrás y describía una especie de brida, casi circular, de modo que formaba una península, imitando una isla en lo posible y abarcando, aproximadamente, la sexta parte de una hectárea de tierra. Sobre esta península se elevaba la casa vivienda; y al decir que esta casa, como la terraza infernal contemplada por Vathek, *era de una arquitectura desconocida en los anales de la tierra,* quiero daros a entender, sencillamente, que su *conjunto* me impresionó por el sentimiento más exquisito de poesía combinado con el de adaptación; en una sola palabra, de poesía (porque me sería difícil emplear otros términos para dar una definición más abstracta, más rigurosa, de la poesía), y no quiero significar que en ningún aspecto esta construcción se distinguiese por un puro carácter de *perfección.*

En realidad, nada más sencillo, nada menos pretencioso que esta finca. Su maravilloso efecto consistía, únicamente, en su combinación artística, análoga a la de un *cuadro.* Yo hubiera podido imaginarme, mientras lo contemplaba, que algún paisajista de primera categoría lo había diseñado con su pincel.

El punto de vista desde donde yo había contemplado al principio el valle, no era en absoluto, aunque se le acercase mucho, el punto de vista más adecuado para juzgar la rústica vivienda. La describiré, pues, como la vi más tarde, situándome en el muro de piedra, al extremo meridional del anfiteatro.

El cuerpo principal del edificio tenía unos veinticuatro pies de largo y dieciséis de ancho, no más seguramente. Su altura total, desde el suelo hasta la cima del tejado, no excedía de dieciocho pies. Al extremo occidental de esta construcción se adosaba otra, más pequeña en una tercera parte aproximadamente en todas sus proporciones; su fachada formaba un cuadro de dos yardas, detrás de la fachada del cuerpo principal, y el conjunto se encontraba, naturalmente, situado más bajo que el techo vecino. Formando ángulo recto con estas construcciones, y detrás de la principal, pero no exactamente en medio, se elevaba un tercer compartimiento, muy diminuto, y, en general, una tercera parte menor que la del oeste. Los techos de los dos mayores eran muy escarpados, describiendo, a partir de la viga de sostén, una larga curva cóncava, y excediendo en cuatro pies por lo menos a los muros de la fachada, de modo que formaba una techumbre para dos pórticos. Estos últimos techos, naturalmente, no tenían necesidad alguna de soportes; pero como tenían *el aspecto* de necesitarlos, se les habían adherido pilares muy ligeros y perfectamente pulimentados, sólo en los ángulos. El techo del ala septentrional era sencillamente la prolongación de una parte de la techumbre principal. Entre el cuerpo principal del edificio y el ala del oeste, se elevaba una muy alta y muy esbelta chimenea cuadrada, hecha de ladrillos holandeses endurecidos, alternativamente rojos y negros, coronada de una ligera cornisa de ladrillos formando saliente. Por encima de las paredes delanteras, los tejados se proyectaban muy al exterior; en el cuerpo principal esta salida era de cuatro pies hacia el oriente y dos pies hacia el occidente. La puerta principal no estaba simétricamente colocada en el cuerpo principal de la vivienda, porque estaba un poco hacia el oriente y las dos ventanas hacia el occidente. Estas últimas no descendían hasta el suelo, pero eran más largas y estrechas que de costumbre; tenían un solo postigo semejante a una puerta y vidrieras en forma de rombos muy prolongados; la puerta era encristalada en su parte superior, formada también de cristales romboidales con un postigo movible que la protegía durante la noche. El ala del occidente tenía su puerta colocada bajo el alero y una ventana única que miraba hacia el sur. El ala del norte no tenía puerta exterior y una ventana única se abría también hacia el oriente.

El muro que sostenía el alero oriental estaba flanqueado por una escalera que lo atravesaba en diagonal y lo alto de la escalera miraba hacia el sur. Bajo el cobijo formado por el reborde muy avanzado del tejado, estos peldaños llevaban a una puerta que conducía a las bohardillas o más bien al granero; porque esta parte del edificio no estaba alumbrada sino por una ventana que daba al norte y parecía estar destinada a servir de almacén.

Las *piazzas*[1] del cuerpo principal y del ala del occidente no estaban entarimadas, según es uso; sino que ante las puertas y las ventanas, anchas losas de granito, lisas e irregulares de forma, estaban sepultadas en el maravilloso césped y proporcionaban en toda estación un camino cómodo para los pies.

---

[1] Palabra italiana que literalmente significa plaza y que aquí se aplica en la acepción de patio. – *Nota del traductor español.*

Cómodas aceras, hechas por el mismo procedimiento, no rigurosamente ajustadas, sino dejando entre las piedras frecuentes junturas por donde brotaba el terciopelo de la alfombra natural, conducían ya de la casa a una fuente de cristal, a unos cinco pasos más lejos; ya hacia el camino; ya hacia uno o dos pabellones situados al norte, más allá del río y completamente ocultos por algunos algarrobos y catalpas.

A seis pasos, a lo sumo, de la puerta principal, se erguía el tronco seco de un peral fantástico, tan bien vestido, de la cabeza a los pies, de magníficas flores de begonia, que era difícil adivinar qué singular y encantador objeto podía ser. En las diversas ramas o brazos de este árbol estaban colgadas jaulas para pájaros variados. En un vasto cilindro de mimbre con una anilla en lo alto, se revolvía un *pájaro burlón;* en otra, una oropéndola; en la otra, el impúdico pajarillo de los arrozales, y tres o cuatro cárceles más elegantes resonaban con el canto de los canarios.

Los pilares de la *piazza* estaban enguirnaldados de jazmín y de adormideras, y del ángulo formado por el cuerpo principal de la vivienda y del ala del oeste se elevaba una parra de opulencia sin igual. Desafiando toda violencia, había trepado primeramente hasta el tejado inferior, luego se había lanzado al superior y allí, rampando y contorsionándose a lo largo de la viga de sostén, extendía sus racimos a derecha e izquierda, hasta que llegaba al piñón del oeste, de donde se dejaba caer nuevamente y se arrastraba sobre la escalera.

Toda la casa, así como las alas del edificio, estaba construida con alfajías, a la antigua moda holandesa, anchas y no redondeadas por los ángulos. Esta moda tiene de particular que hace aparecer las casas así construidas más anchas por la base que por la cúspide, a la manera de las arquitecturas egipcias; y en el caso actual, este efecto excesivamente pintoresco se acentuaba con los numerosos tiestos de flores magníficas que circunscribían casi por completo la base del edificio.

Las alfajías estaban pintadas de gris oscuro; y todo artista comprenderá al punto cuán acertadamente se fundía este tono neutro en el verde esplendoroso de las hojas de tulipán que sombreaban la finca.

Colocándose cerca del muro de piedra de que ya he hablado, se situaba uno en la posición más favorable para observar el edificio, porque proyectándose hacia adelante el ángulo del sudeste, la vista podía a la vez abarcar la totalidad de las dos fachadas, con el pintoresco alero del este, y tomar una perspectiva suficiente del ala del norte, así como de una parte de la hermosísima techumbre del invernadero, y casi de la mitad de un ligero puente que abarcaba el río, muy cerca del cuerpo principal del edificio.

No permanecí mucho tiempo en lo alto de la colina, pero sí lo bastante para estudiar y examinar a mi gusto el paisaje situado a mis pies. Era evidente que yo me había desviado del camino del pueblo y ya tenía una excelente excusa de viajero para llamar a la puerta y preguntar la dirección para volver a él; así que, sin más ceremonias, avancé.

Traspasado el umbral, la ruta parecía continuar en un reborde natural que descendía en suave pendiente a lo largo del talud, desde las rocas del nordeste. Esta

LA FINCA DE LANDOR

ruta me condujo al pie del precipicio del norte y de allí al puente, y, bordeando el alero del este, a la puerta de la fachada. Mientras caminaba, observé que era imposible distinguir los pabellones.

Cuando yo volvía el recodo del peñón, el mastín saltó hacia mí, amenazador y silencioso, con los ojos y la fisonomía de un tigre. Le tendí la mano, no obstante, en testimonio de amistad, y no he conocido jamás un perro que estuviese más experimentado en este llamamiento hecho a su cortesía. Éste, no sólo cerró sus fauces y movió su cola, sino que me ofreció positivamente su pata y aun amplió sus cortesías a mi criado Ponto.

Como no distinguía campanilla alguna, golpeé con mi bastón en la puerta, que estaba medio abierta. Inmediatamente una persona avanzó hacia el umbral; una mujer joven, de veintiocho años aproximadamente, esbelta, o más bien ligera, y de una estatura algo menor que la mía. Cuando se aproximaba, con un ademán a la vez modesto y decidido, absolutamente indescriptible, me dije en mi interior: "Seguramente he encontrado aquí la perfección de la gracia natural, en antítesis con la artificial". La segunda impresión que produjo en mí, y que fue la más viva de las dos, fue una impresión de *entusiasmo*. Nunca había penetrado hasta el fondo de mi corazón tal expresión de *novelesco*, tan extramundana, como la que fluía de sus ojos, profundamente violados. No sé cómo es esto, pero esa expresión singular de los ojos, que a veces se inscribe hasta en los labios, es el encanto más poderoso, si no el único, que encadena mi atención hacia una mujer. *¡Novelesco!*

¡*Romántico!* ¡Con tal que mis lectores comprendan plenamente todo lo que yo quisiera encerrar en estos adjetivos! *Novelesco* y *femenino* me parecen términos recíprocamente equivalentes, y después de todo, lo que el hombre adora realmente en la mujer es su *femineidad*. Los ojos de Anita (oí a alguien que desde el interior llamaba a "su querida Anita") eran de un *gris celeste*; su cabellera, de un rubio castaño; esto fue todo lo que tuve tiempo de observar en ella.

Accediendo a su muy amable invitación entré, y pasé primero a un vestíbulo suficientemente espacioso. Como había venido principalmente para *observar,* noté que, a mi derecha, al entrar, había una ventana semejante a las de la fachada; a mi izquierda, una puerta conducía a la habitación principal; mientras que enfrente de mí, una puerta abierta me permitió ver una habitación pequeña, de las mismas dimensiones que el vestíbulo, amueblada en forma de gabinete de trabajo, con una ancha ventana cimbrada que daba al norte.

Pasé a la sala y me encontré allí con Mr. Landor, porque tal era el nombre del dueño de la casa, como más tarde supe. Tenía modales corteses y hasta cordiales; pero en ese momento mi atención estaba mucho más embargada por los detalles de la casa, que tanto me había interesado, que por la fisonomía personal del propietario.

El ala del norte (entonces lo vi) era una alcoba cuya puerta se abría sobre la sala; al oeste de esta puerta había una ventana sencilla que daba al río; al extremo oeste de la sala, había una estufa, luego una puerta que llevaba al ala del oeste, que probablemente servía de cocina. Es imposible imaginar algo más rigurosamente sencillo que el mobiliario de la sala. El pavimento estaba cubierto de una alfombra de lana teñida, de un excelente tejido, a fondo blanco, con un semillero de dibujitos verdes circulares. Los visillos de las ventanas eran de muselina de chaconada, de una blancura de nieve, muy amplios, y descendiendo en pliegues finos, paralelos, de una simetría rigurosa, precisamente al ras de la alfombra. Las paredes estaban revestidas de un papel francés de gran delicadeza, con fondo argentado, con un cordelillo de un verde pálido corriendo en zigzags. Toda la exquisitez de este adorno estaba sencillamente realzada por tres exquisitas litografías de Yulien, a lápiz, colocadas en las paredes, pero sin marcos. Uno de esos dibujos representaba un cuadro de riqueza o, más bien, de voluptuosidad oriental; otro, una escena de Carnaval, de una gracia incomparable; el tercero era una cabeza de mujer griega; jamás semblante tan divinamente bello, jamás expresión de una vaguedad tan provocadora, había fijado hasta entonces mi atención.

La parte sólida del mobiliario consistía en una mesa redonda, algunos asientos (entre los cuales un sillón de ruedas) y un sofá, o más bien, un canapé, cuyo pavimento era de arce pulido, pintado de blanco de crema, con ligeros filetes verdes, y el fondo de caña trenzada. Asientos y mesa estaban dispuestos simétricamente; pero las formas habían sido evidentemente inventadas por el mismo espíritu que había trazado el proyecto de los jardines; era imposible concebir algo más gracioso.

Sobre la mesa reposaban algunos libros; un frasco de cristal, ancho y cuadrado, conteniendo algún perfume nuevo; una sencilla lámpara astral, de vidrio pulimentado (no una lámpara de luz cenicienta), con una pantalla a la italiana, y un ancho jarrón de flores espléndidamente entreabiertas. En resumen, las flores de colores magníficos y de aroma delicado, formaban la única verdadera decoración de la habitación. La estufa estaba casi totalmente cubierta por un tiesto de brillantes geranios. Sobre una mesa triangular, colocada en cada rincón de la pieza, había un jarrón análogo de flores, que no se distinguía de los demás sino por su gracioso contenido. Uno o dos ramilletes semejantes adornaban el saliente de la chimenea, y violetas recién cortadas se agrupaban en el alféizar de las ventanas abiertas.

No sigo, porque este trabajo no tiene otro objeto que dar una descripción detallada de la residencia de Mr. Landor: *tal como yo la he encontrado*.

Un descenso al Maelstrom

Las vías de Dios en la Naturaleza,
como en el orden providencial, no son
las nuestras, y los tipos que concebimos
no pueden medirse con la amplitud, la
profundidad y la comprensibilidad de
sus obras, que contienen en sí mismas
un *abismo más profundo que el pozo
de Demócrito*.

JOSÉ GRANDVILLE

Cuando llegamos a lo alto de la roca más elevada, el viejo tardó largo rato en poder hablar.

—Hace tiempo –dijo cuando pudo recobrar la respiración– les hubiera guiado hasta aquí con más facilidad que cualquiera de mis hijos. Pero hace tres años
me ocurrió la aventura más extraordinaria que haya
podido suceder a ningún mortal, o al menos que
nadie pudiera sobrevivir para contarla; aquellas seis
mortales horas me destrozaron casi por completo el
cuerpo y el alma. Aunque parezco viejo, no lo soy
tanto como represento. Bastó menos de un día para
blanquear estos cabellos negros como el azabache,
para debilitar mis miembros y aflojarme mis nervios hasta el punto de temblar por el menor esfuerzo y de que me espante una sombra. Querrán ustedes
creer que no puedo mirar por encima de ese promontorio sin que me acometa el vértigo.

El pequeño promontorio, sobre el cual se había
apoyado para descansar en la arista misma resbaladiza de su borde, se elevaba a unos quinientos o
seiscientos pies próximamente de un caótico con-

junto de rocas situadas debajo de nosotros y que formaban un inmenso precipicio de luciente y negro granizo.

Por nada del mundo me hubiese atrevido yo a llegar hasta el borde. Incluso me dejé caer a lo largo del suelo, agarrándome a algunos arbustos próximos, no atreviéndome siquiera a levantar los ojos hacia el viejo. Inútilmente procuraba borrar la idea de que el furor del viento hiciese peligrar la base misma de la montaña. Necesité algún tiempo para reposar de mi inquietud hasta que logré sentarme y mirar frente a frente al horizonte.

—Bah, no hay que tener tanto miedo –exclamó el guía–. Le he traído a usted hasta aquí para que pueda contemplar el lugar de acción de la aventura a que me refería antes y para contarle la historia ante el propio escenario. Estamos ahora sobre la costa de Noruega, en el 79 grado de latitud, en la gran provincia de Nordlandia y en el lúgubre distrito de Lofoden. La montaña cuya cima ocupamos en este momento, es conocida con el nombre de Nubosa. Levántese usted un poco, agárrese usted bien, si teme al vértigo, y ahora mire por encima de esta corona de vapores que nos oculta el mar.

Miré vertiginosamente y vi la amplia extensión marítima, cuyo color de tinta me recordó el cuadro del geógrafo Nubienx y su *mar de tinieblas*. No podía la imaginación humana concebir nunca panorama semejante y de tan enorme desolación. A derecha e izquierda, hasta donde alcanzaba la mirada, se veían, como las murallas del mundo, las líneas de un acantilado espantosamente negro y cortado a pico, cuyo sombrío carácter aumentaba la resaca, alzando su cresta blanca y lúgubre, ululante y mugidora. Justamente frontera a la cumbre donde estábamos, y a una distancia de cinco o seis millas, se veía, o mejor dicho, se adivinaba, una isla desierta entre el alborotado oleaje de las rompientes.

A menos distancia, a unas dos millas próximamente, se veía otro islote más pequeño, horriblemente pedregoso y estéril, al cual cercaban agrupaciones desiguales de negras rocas.

Entre la orilla y la isla más lejana era realmente extraordinario el aspecto del océano. En aquel mismo momento era tan fuerte el aire, que un bric se puso la capa en dos rices en las velas y algunas veces su casco parecía hundirse por completo. No obstante, no parecía que hubiese marejada; solamente un hervor del agua, breve y vivo, con poquísima espuma, excepto en las cercanías de las rocas.

—Aquella isla que ve usted a lo lejos, la llaman los noruegos Vurgh. La más próxima es Moskoe, Ambaaren. Luego siguen Islesen, Hotholm, Keilthelm, Suarten y Buckolm. Más lejos aún, entre Moskoe y Vurgh, Otterholm, Flimen, Sadfiesen y Stockolmo. Tales son los nombres de esos sitios, sin que pueda decirle a usted la necesidad de por qué los enumero. ¿Oye usted algo? ¿Nota usted algún cambio sobre el mar?

Mientras hablaba el viejo, oí temeroso y creciente rumor, como los mugidos de un inmenso rebaño de búfalos en una pradera americana, y casi al mismo tiempo vi lo que los marinos llaman el clapoteo del mar cambiarse rápidamente en una corriente fugitiva con rumbo al este. En menos de cinco minutos todo el mar, hasta Wurgh, fue azotado con una furia indomable, pero, sobre todo, entre Moskoe y la costa el estrépito era ensordecedor. Allí el amplio lecho de las aguas, surcado por mil corrientes contrarias, estallaba en convulsiones frenéticas, jadeaba, hervía, silbaba en gigantescos e innumerables torbellinos, precipitándose hacia el este con la rapidez y el estruendo de una espantosa catarata.

Al cabo de unos minutos cambió radicalmente la superficie general del agua. Apareció un poco más unida, los torbellinos se disipaban, dejando el puesto a prodigiosas bandas de espuma surgidas de pronto. Al poco rato todas estas bandas se extendieron y combinaron entre sí, tomando el movimiento giratorio de los torbellinos, apaciguadas y como formando el germen de otro vórtice más vasto.

De pronto apareció éste claro y definido, formando un círculo de más de una milla de diámetro. Un ancho cinturón de luminosa espuma formaba los bordes del nuevo torbellino. Pero ni una sola partícula de agua se deslizaba por la garganta del terrible embudo, cuyo interior, hasta donde alcanzaba la mirada, estaba formado de un muro líquido, pulido, brillante, de un negro de jade y formando con el horizonte un ángulo de 45 grados próximamente. Giraba sobre sí mismo, bajo la influencia de un movimiento vertiginoso y estremeciendo los aires con su voz espantosa, mitad grito, mitad ruido, tal como la potente catarata del Niágara en sus mayores convulsiones no podría enviar al cielo.

La base de la montaña pareció estremecerse; sentí moverse la roca. Entonces me eché boca abajo, nervioso, agitado, y me agarré con todas mis fuerzas a la hierba.

—Esto no puede ser otra cosa –dije al guía– que el gran torbellino del Maelstrom.

—Así le llaman –contestó–, pero nosotros, los noruegos, le decimos el Moskoe-Strom, tomando su nombre de la isla situada a mitad de camino.

Las descripciones que ya conocía de este torbellino no daban ni remota idea de la realidad. Así, por ejemplo, la de Jonas Ramus, que tal vez es la más detallada, no alcanza todo el magnificente horror del espectáculo. Ignoro desde qué punto de vista y a qué hora lo veía este escritor, pero seguramente no fue desde la cima de la Nubosa ni durante una tempestad. No obstante, algunos pasajes de su descripción pueden ser citados para dar cierta impresión del espectáculo:

"La profundidad del agua entre Lofoden y Moskoe es de 36 a 40 brazas, pero al otro lado de Vurgh esta profundidad disminuye hasta tal punto, que un buque no podría cruzar por allí sin peligro de destrozarse contra las rocas, aun en el período de mayor calma. Cuando crece la marejada, la corriente se precipita entre el espacio comprendido entre Lofoden y Moskoe con tumultuosa rapidez; es tan terrible el rugido de su reflujo, que supera el de las más altas cataratas y se oye a muchas leguas de distancia. Los torbellinos alcanzan tal extensión y profundidad, que si un barco se aventurara en la zona de su atracción, sería inevitablemente absorbido y arrastrado hasta el fondo vertiginosamente. Luego, cuando la corriente se calma, aparece la superficie del mar con los restos flotantes de los navíos perdidos. Son innumerables los buques destrozados por imprudencia o por demasiada confianza, ya que es peligroso el efecto de este gran remolino, incluso a una milla de distancia. También se ha dado el caso de que algunas ballenas pereciesen entre espantosos mugidos y aullidos casi tan grandes como los del torbellino.

"Una vez intentó un oso pasar a nado desde Lofoden a Moskoe; fue sorprendido por la corriente y precipitado hasta el fondo. Sus rugidos se oían desde las más apartadas orillas. Enormes troncos de pinos y abetos tragados por la corriente, eran devueltos luego rotos y desgarrados, lo cual demuestra claramente que el fondo está lleno de rocas puntiagudas.

"Esta corriente está regulada por el flujo y reflujo del mar cada seis horas. El año 1645, el domingo de Sexagésima, se precipitó con tal estrépito y tal impetuosidad, que las casas próximas a la costa medio se derrumbaron."

En lo que se refiere a la profundidad del agua, no comprendo cómo pudo ser medida en las inmediaciones del torbellino. Indudablemente las cuarenta brazas deben referirse únicamente a la parte del canal más próximo a la orilla, bien de Moskoe o bien de Lofoden. Pero la profundidad central del Maelstrom debe ser inconmensurablemente mayor, y basta para convencerse de ello con mirar el abismo del torbellino desde lo alto de la Nubosa. Al hacerlo yo así, no pude menos de sonreírme de la ingenuidad del buen Jonas Ramus y de sus anécdotas de osos y ballenas, toda vez que el barco mayor del mundo, al llegar al radio de acción de este mortal abismo, sería tanto como una simple pluma en un vendaval.

En cuanto a las explicaciones del fenómeno, algunas de las cuales recuerdo que me parecían plausibles cuando la lectura, ahora presentaban aspecto muy diferente y, desde luego, poco satisfactorio. La más corriente es que, como los tres pequeños torbellinos de las islas Ceroe, este grande "no tiene otra causa que el choque de las olas subiendo y cayendo en el flujo y reflujo a lo largo de un banco rocoso que indica las olas y las devuelve en cataratas; de este modo la mayor marejada se resuelve en más profunda caída y, por lo tanto, la prodigiosa potencia succionadora queda suficientemente demostrada".

En estos términos se expresa la *Enciclopedia Británica*. Kircher y otros suponen la existencia de un abismo en medio del canal del Maelstrom, que atraviesa el globo y termina en una región lejanísima, el golfo de Botnia, según algunos. Aunque pueril, esta opinión me parecía ahora muy acertada y, al comunicársela al guía, me sorprendió la contestación de éste, porque, a pesar de ser la mía casi general entre los noruegos, distaba mucho de ser la del viejo. Sin embargo, en realidad, no tenía ninguna.

—Ahora que ha visto usted el torbellino –continuó el guía– si quiere usted que nos deslicemos detrás de esta roca, a cubierto del viento, le contaré una historia para que vea usted que conozco algo del Moskoe-Strom.

Una vez colocados como me indicaba, el guía empezó su relato.

—Hace tiempo poseíamos entre mi hermano y yo una sumaca, aparejada en goleta, de siete toneladas, sobre poco más o menos, con la cual nos dedicábamos a la pesca en torno de las islas Moskoe y Vungh. Los violentos remolinos marítimos producen buena pesca, siempre que se aproveche el tiempo oportuno y no falte valor para la aventura. No obstante, sólo mis dos hermanos y yo salíamos de la costa de Lofoden con cierta regularidad rumbo a las islas. Nuestros paisanos van mucho más hacia el sur, donde la pesca es abundante y los riesgos escasos; pero en cambio estos lugares, en medio de los arrecifes, no solamente dan pescado mejor, sino en mayor abundancia, y en un solo día un pescador valeroso consigue más que diez tímidos durante una semana en la parte sur. Era, después de todo, una especie de negocio desesperado, en el cual el riesgo de la vida reemplaza al trabajo y el capital estaba representado por el valor.

Colocábamos nuestra sumaca en una ensenada, a poco más de cinco millas de la costa, y teníamos por costumbre durante el buen tiempo, aprovechar el respiro de quince minutos para atravesar el canal principal de Moskoe-Strom y anclábamos en las proximidades de Otterholm o de Sandflesen, donde los remolinos no son tan violentos. Generalmente allí esperábamos el momento oportuno de levar anclas y volver a casa aprovechando la calma del mar. Nunca nos aventuramos sin viento favorable para la ida y la vuelta, y rara vez nos equivocamos al hacer el cálculo del último. Solamente dos veces en seis años nos vimos obligados a pasar la noche en medio de una gran calma, lo cual no es frecuente en estos parajes, y otra vez nos quedamos en tierra, cerca de una semana, medio muertos de hambre, a consecuencia de una ventisca que hacía en extremo peligrosa la travesía del canal. Sería muy largo de contarle ni siquiera la vigésima parte de los peligros sufridos durante la pesca, toda vez que se trata de un lugar siempre lleno de amenazas, incluso en el buen tiempo; pero siempre encontramos el medio de retar con fortuna al Moskoe-Strom. No le ocultaré que muchas veces el corazón se me saltaba del pecho cuando nos adelantábamos a la calma propicia. Algunas veces el viento no era tan vivo que consintiera emplear la vela y entonces la marcha era mucho más lenta y más difícil el gobierno de la sumaca en medio de la corriente.

Mi hermano mayor tenía un hijo de dieciocho años; yo tenía dos hijos. Los tres muchachos nos hubieran servido de mucho en estos casos, ya con el remo o ya como tales pescadores. Pero hay que tener en cuenta que si no nos faltaba valor para arriesgar nuestras vidas, sí carecíamos de él para arriesgar la de nuestros hijos, ésta es la pura verdad.

Así las cosas, hace tres años próximamente que ocurrió lo que voy a contarle. Era el 10 de julio de 18..., día que las gentes de este país no olvidarán jamás porque sopló la más horrible tempestad que haya caído nunca de la cúpula de los cielos. Sin embargo, durante toda la mañana y parte de la tarde tuvimos una brisa sudeste muy agradable, y el sol lucía de tal modo que los más viejos lobos de mar no pudieron presagiar lo que se preparaba.

Como siempre, mis dos hermanos y yo navegamos a través de las islas, y antes de las dos de la tarde ya teníamos cargada la sumaca con pesca mucho más abundante que nunca. Cerca de las siete, *en mi reloj*, levamos anclas, y de este modo podíamos hacer la parte más peligrosa de la travesía aprovechando la calma de las ocho.

Partimos con buena brisa a estribor, rápidamente y sin pensar en peligro alguno. De pronto nos sacudió una ráfaga de viento que venía de Helseggen. Jamás nos había ocurrido esto; por lo tanto, me inquietó. Logramos dominar el viento, pero no los remolinos, y ya me disponía a regresar a la ensenada, cuando vimos que el horizonte se oscurecía por una inmensa nube de color de cobre y de vertiginosa velocidad. Al mismo tiempo faltó la brisa de estribor y, sorprendidos por una súbita calma, quedamos a merced de las corrientes. No duró mucho tiempo el estado de cosas. Antes de un minuto la tempestad nos envolvía, y el cielo se ennegreció de tal modo que las salpicaduras de agua que caían en nuestros ojos impedían vernos unos a otros.

Locura sería intentar la descripción de semejante vendaval. Los más viejos marinos noruegos no han sufrido otro semejante. Aunque habíamos tenido la precaución de recoger todo el velamen antes del huracán, la primera ráfaga arrancó los mástiles de cuajo, y el palo mayor se llevó al más pequeño de mis hermanos, que se abrazó a él para no ser derribado por el viento.

Era realmente nuestro barco el más ligero juguete que se deslizó por los mares. Tenía un pequeño
puente con una sola escotilla en la parte de proa.
Esta escotilla la cerrábamos sólidamente antes de
atravesar el Strom. A no ser por esta precaución
hubiéramos ido a pique entonces, porque nos vimos
literalmente sepultados en agua. Ignoro cómo pudo
salvarse mi hermano mayor de la muerte. Sólo puedo decir que, apenas había dejado yo el palo de
mesana, me eché boca abajo sobre cubierta con los
pies contra la regala y crispadas las manos a un
perno colocado al pie del trinquete. Lo hice instin-
tivamente, no porque entonces hubiera tiempo de
pensar en lo que me convenía.

Como le digo a usted, durante algunos minutos
nos vimos por completo inundados y tuve que contener la respiración para no ahogarme. Al poco rato
me incorporé y, sin soltar el perno del trinquete, me
puse de rodillas.

Entonces el barco dio una gran sacudida, como un
perro que sale del agua, y se levantó por encima del
mar. Procuré reaccionar sobre el estupor que me
había invadido y recobrar suficiente dominio espiri-
tual para ver lo que me convenía hacer. Sentí que
alguien me cogía por el brazo; era mi hermano mayor
y la alegría que sentí al verle, porque me imaginaba
arrebatado también por las olas, se cambió en horror
cuando, acercando su boca a mi oído, exclamó:

—¡El Moskoe-Strom!

Nunca podrá adivinarse cuáles fueron mis pen-
samientos al oír estas palabras. Temblaba de la cabeza a los pies, como presa de un violento ataque de

fiebre. Comprendía demasiado lo que quería decir y el horrible porvenir que nos aguardaba. El viento nos empujaba cada vez más hacia el torbellino del Strom y nada podría salvarnos.

Ya supondrá usted que al atravesar el canal del Strom, pasábamos muy por encima del torbellino y aun cuando el tiempo estuviera muy tranquilo procurábamos espiar el descanso de la marea. Pero ahora corríamos rectamente, y en medio de una horrible tempestad, hacia el torbellino mismo.

"Llegaremos –pensaba yo– en el preciso momento de la calma momentánea y quién sabe si aún hay esperanza." No tardé mucho en comprender lo quimérico de mis ideas. Estábamos irremisiblemente perdidos aunque fuera el nuestro un formidable navío de guerra. El primer ímpetu de la tempestad parecía extinguido, o tal vez nosotros no nos dábamos cuenta suficiente porque huíamos delante de ella; sin embargo, el mar continuaba esclavo del viento y las olas se alzaban como verdaderas montañas. El cielo cambió también de aspecto. En torno nuestro era negro como la pez, pero justamente encima había un desgarrón circular, al que se asomaba una celistia clara, tan clara como nunca la he visto, de un azul brillante y profundo, y en medio de ella resplandecía la luna con un fulgor nunca visto ni imaginado. ¡Gran Dios! ¡Qué trágico espectáculo era el que iluminaba con su luz tranquila y esplendorosa!

Inútilmente intenté hablar con mi hermano, pero había crecido de tal modo el estrépito que era imposible oírnos el uno al otro, aunque gritásemos en el oído con toda la fuerza de los pulmones.

De pronto le vi sacudir la cabeza, lívido como la muerte, y levantó uno de los dedos como queriendo decirme:

—¡Escucha!

Al principio no comprendí lo que quería decir, pero en seguida se me ocurrió una idea espantosa. Saqué el reloj del bolsillo para consultarle. No andaba. Miré el cuadrante a la luz de la luna y me eché a llorar, mientras arrojaba el reloj en el océano.

¡Se había parado a las siete! ¡Habíamos dejado pasar el momento de calma y el torbellino del Strom alcanzaba su furia máxima!

Sorprende a los hombres de tierra ver cómo las olas parecen escaparse debajo de la quilla de un barco fuerte, bien equipado y con no muy excesiva carga; sobre todo cuando hace buena brisa. A esto llamamos nosotros *riding* (cabalgar). Así, pues, ahora nos sosteníamos bien sobre las olas, pero no tardó una de ellas, gigantesca, en cogernos por la parte de popa y alzarnos tan alto como si quisiera meternos dentro del cielo. Nunca creí que una ola pudiera alcanzar semejante altura. Después descendimos formando una curva enormemente resbaladiza, que producía náuseas y vértigos, como si cayésemos desde la cima de ingente montaña.

La luna seguía iluminándonos y, gracias a su luz, vi exactamente nuestra posición. Estábamos a un cuarto de milla de distancia del torbellino del Moskoe-Strom, pero no se parecía en nada al Moskoe-Strom que veíamos cotidianamente.

A no tener la experiencia que tenía de aquel lugar, me habría parecido otro. Cerré los ojos voluntariamente, y mis párpados se unieron como en una crisis espasmódica.

Habrían pasado dos minutos cuando sentimos apaciguarse la ola súbitamente y nos vimos envueltos en espuma. Giró brusco el barco por el lado de babor y partió disparado en la nueva dirección. Al mismo tiempo se agudizó el clamor del agua, y era tan espantoso este clamor como si mil buques abrieran a un tiempo las válvulas para que escapara el vapor de sus calderas. Ya nos encontrábamos en el cinturón brumoso que cerca el torbellino, y como es lógico, creí que íbamos a ser sepultados inmediatamente, sin que pudiéramos ver el fondo de la vorágine, dada la velocidad que nos arrastraba hacia él. El barco no parecía hundirse en el agua, sino flotar sobre ella como una burbuja de agua; el remolino quedaba a estribor, y a babor se extendía el enorme océano, como un gran muro convulsivo entre nosotros y el horizonte.

Tal vez le parezca extraño si le digo que, al hallarnos en la garganta del abismo, recobré mi tranquilidad. Con la pérdida de la esperanza perdí los temores primitivos. Indudablemente la desesperación es una domadora de los nervios.

No lo tome a fanfarronada, conste que le digo la verdad. En aquellos momentos empecé a pensar en lo magnífica que era mi muerte y lo estúpido que sería pensar en el propio interés de mi conservación natural, en frente de una prueba tan prodigiosa como aquella de la potencia divina. Incluso me ruboricé de vergüenza. En seguida experimenté la mayor curiosidad por el torbellino mismo. Tenía positivamente el *deseo* de explorar sus profundidades, aun al enorme precio de mi vida; lo único que me entristecía era el que no pudiese contar después a mis camaradas los misterios que me iban a ser revelados.

Claro es que no dejan de resultar bastante extrañas estas ideas en el espíritu de un hombre en tales circunstancias caso, pero bien es verdad que tal vez las evoluciones de la embarcación sobre el abismo me habían trastornado un poco la cabeza.

Contribuyó, no obstante, a hacerme recobrar la tranquilidad la absoluta calma del viento, toda vez que, estando hundidos en el espumoso círculo y situado éste muy por bajo del nivel general del océano, el mar nos protegía como una alta y negra montaña.

Era la nuestra la situación de esos miserables condenados a muerte, a quienes se les concede a última hora algunos pequeños favores que se les negaban antes de la sentencia.

No podría decir cuántas veces dimos la vuelta en torno nuestro. Corríamos de un lado para otro, volando más que flotando, y acercándonos inevitablemente hacia el fondo del remolino.

Yo continuaba agarrado al perno del trinquete; mi hermano, en la parte de popa, se agarraba a una barrica vacía, sólidamente atada bajo la atalaya, detrás de la bitácora, y único objeto que no fue barrido de cubierta cuando nos sorprendió la tempestad.

Pero, desgraciadamente, soltó de pronto el barril y trató de asirse a la argolla donde yo estaba, enloquecido por el terror, sin pensar que no era suficientemente grande para sujetarnos a los dos. Nunca he

experimentado un dolor más profundo que cuando le
vi intentar esto, aunque comprendiera que el espanto le había privado de razón. No procuré, sin embargo, disputarle el puesto. Tanto importaba uno como
otro. Así es que le dejé el mío y fui a cogerme al barril
donde él estaba. Los mismos movimientos de la
sumaca, empujada de un lado para otro por las olas
enormes, facilitaron esta maniobra. Apenas me había
asegurado en la nueva posición, cuando el buque se
hundió de proa en el abismo. Murmuré una rápida
plegaria y comprendí que todo había terminado.

Sintiendo el efecto, dolorosamente nauseabundo,
del descenso, me agarré con más energía que nunca
al barril y cerré los ojos.

Durante algunos segundos no me atreví a abrirlos,
sorprendido en el fondo de no sentir las angustias
supremas de la inmersión.

Pero pasaba tiempo y yo seguía viviendo. La sensación de caída había cesado y el movimiento del
navío era otra vez como el anterior, cuando nos pre-
cipitamos en el círculo espumoso, salvo en lo que se
refiere a su mayor inclinación. Abrí entonces los
ojos y miré en torno mío. Nunca olvidaré las suce-
sivas sensaciones de espanto, de horror y de admiración que sentí girando la vista en torno mío. El
barco parecía mágicamente suspendido en medio de
la caída sobre la superficie interior de un embudo
de amplia circunferencia y de una prodigiosa profundidad, cuyas paredes, admirablemente pulidas,
hubieran parecido de ébano sin la deslumbradora
velocidad, con la cual giraban, y la centelleante claridad que repercutía bajo los rayos de la misma luna,

deslizados desde el agujero circular ya descrito, y cubriendo de esplendorosa lluvia áurea los negros muros, hasta llegar a las profundidades más íntimas del abismo.

Al principio mi turbación sólo me permitió ver en conjunto la magnificencia terrible del espectáculo. Ya más dueño de mí, dirigí la vista hacia el fondo. En esta dirección no había nada que la detuviera, merced a la situación de la sumaca, inclinada de proa, y corriendo siempre sobre la quilla; de tal modo que el puente formaba un plano paralelo al del agua de una inclinación de 45 grados.

Sin embargo, parecía que continuábamos sobre un plano horizontal, lo cual era debido, indudablemente, a la velocidad con que giraba.

Los rayos lunares parecían buscar el fondo del inmenso remolino. Pero, a pesar de ello, no podía verlo claramente por una espesa niebla que lo envolvía todo, y sobre la cual se mostraba un magnífico arco iris, evocador de ese puente estrecho e inseguro que los musulmanes colocan entre el tiempo y la eternidad. Aquella niebla formada por la espuma era producida por el choque de las paredes del embudo al encontrarse en el abismo. Pero lo que no podré describir es el furibundo estrépito que atravesaba esta niebla en busca del cielo.

Al principio bajábamos rápidamente, pero luego no era tan rápido el descenso. Seguíamos avanzando siempre circularmente, pero no con movimiento uniforme, sino con impulsos súbitos y bruscas sacudidas, que a veces nos proyectaban a cien yardas de distancia, y otras veces nos obligaban a una evolución completa alrededor del remolino. Fatalmente descendíamos. El vórtice estaba cada vez más cerca.

Una de las veces que miré en torno nuestro, vi que el barco no era el único objeto caído en los brazos del torbellino. Por encima, por debajo, y girando alrededor, veíanse restos de otras embarcaciones, grandes trozos de obra muerta, troncos de robles y gran número de objetos más pequeños, como pedazos de muebles, baúles desfondados, duelas y barriles.

La curiosidad sobrenatural que sustituyó al terror pretérito aumentaba conforme me iba acercando al final. Comencé a sentir un extraño interés por los numerosos objetos que flotaban en nuestra compañía. *Indudablemente deliraba,* porque me *divertía* calculando las velocidades relativas de cada uno.

—Este pino, me decía, será seguramente lo primero que dé el terrible chapuzón y que desaparecerá.

Me molestó mucho ver que, por el contrario, fue un trozo de mueble holandés el que se hundió primero.

Por fin, después de hacer algunas conjeturas de esta naturaleza y haberme engañado siempre, caí en otro orden de reflexiones que hicieron temblar mis miembros y latir mi corazón más pesadamente todavía.

No era un nuevo horror, sino una esperanza más emocionante, tanto de la memoria como de la presente observación. Recordaba la inmensa variedad de restos que bordean la costa de Lofoden, y que fueron todos ellos absorbidos y devueltos por el Moskoe-Strom. La mayor parte de estos objetos estaban mutilados de extraña manera, como si el mar los escupiera con puntas y esquirlas, que antes de precipitarse en el abismo no tenían. Pero también recordaba que muchos de ellos eran devueltos intactos. No podía explicarme esta diferencia, sino suponiendo que únicamente los destrozados fueron los absorbidos, mientras que los demás bajaron lentamente para no alcanzar el fondo del torbellino antes del flujo o del reflujo, y de este modo podrían haber subido con el mismo ímpetu hasta el nivel del océano, sin sufrir la misma suerte de los que fueron arrastrados con mayor velocidad. De aquí deduje otras tres importantes observaciones: primera, que por regla general, a mayor volumen del cuerpo, más rápido descenso; segunda, que entre dos masas de igual volumen, esférica la una y la otra *de no importa qué forma,* la esférica desciende con mayor velocidad, y tercera, que entre dos cuerpos de igual volumen, el uno cilíndrico y el otro de cualquier forma, el cilíndrico es absorbido más lentamente.

Debo advertirle que estas palabras de cilíndrico y esférico, me las enseñó un viejo maestro de escuela, al cual le comuniqué mi aventura cuando me vi sano y salvo. También me explicó, pero ya he olvidado la explicación, que lo que había observado era la consecuencia natural de la forma de los restos flotantes, y me demostró cómo un cilindro dando vueltas en el torbellino, presentaba más resistencia a la absorción y era atraído con más dificultad que un cuerpo de otra forma cualquiera y de igual volumen.[1]

Había un ejemplo bien saliente que reforzaba estas observaciones y era éste: a cada vuelta que dábamos,

---

[1] Arquímedes: *Incidentibus in fluido.* – E. A. P.

pasábamos delante de un barril, una verga o un más-
til, y la mayoría de estos objetos, que navegaban al
mismo nivel que nosotros cuando abrí los ojos por primera vez, sobre las maravillas del torbellino, estaban
ahora situados mucho más altos, y parecían no haber
cambiado en su posición primera.

No vacilé mucho tiempo lo que debía hacer, y atán-
dome a la barrica, a la cual continuaba abrazado,
me arrojé con ella al mar. Dije por señas a mi hermano que siguiera mi ejemplo con cualquiera de los
barriles flotantes, cerca de los cuales pasábamos. Creo
que al fin me comprendió, pero movió la cabeza con
ademán de desesperación, sin querer abandonar la
argolla del trinquete. Me era imposible salvarle, porque la situación no consentía ser dilatada. Con profunda amargura le abandoné a su destino, y, sin
vacilar un instante más, me arrojé al mar.

No me había engañado. Como soy yo mismo el
que le cuenta la aventura, de la cual ve usted que
logré escapar, y como ya sabe el medio que empleé
para ello, procuraré abreviar mi narración.

Había transcurrido próximamente una hora que
dejé el borde de la sumaca, cuando la vi hundirse
para siempre en el caos de espuma. El barril, al cual
permanecí atado, continuaba flotando a la misma
distancia, próximamente, de la abertura y del fondo. Cambiaba el aspecto del torbellino. Las pendientes de las paredes del embudo se hicieron menos
escarpadas, y las evoluciones del remolino fueron
gradualmente menos rápidas.

Poco a poco la espuma y el arco iris desaparecieron, y el fondo de la vorágine pareció subir lenta-

mente. El cielo era claro, había cesado el viento y la luna llena desaparecía radiante en el oeste, cuando me encontré en la superficie del océano, frente a la costa de Lofoden, y precisamente en el sitio *donde estuvo* el torbellino del Moskoe-Strom.

Había llegado la hora de calma en la marea, pero las olas seguían turbulentas y agitadas por la tempestad. Me vi empujado violentamente hacia el canal de Strom y pocos minutos después estaba frente a la costa entre las pesquerías. Un barco me recogió, agotado por la fatiga, y al verme libre de todo peligro me faltó la voz.

Bien conocidos míos eran los antiguos camaradas que me salvaron, pero fui para ellos como un viajero que viniese de un mundo sobrenatural. Mis cabellos, que la víspera eran negros como las alas del cuervo, tenían ya esta blancura que ve usted ahora. Me dijeron después que había cambiado también por completo la expresión de mi fisonomía.

Les conté esta misma historia y no quisieron creerla. Espero que usted le concederá más crédito que los pescadores de Lofoden.

El espectro

Los que leéis estas líneas, estáis todavía entre los vivos; pero cuando esto hagáis, yo habré partido mucho tiempo antes hacia las regiones de la sombra, pues sucederán acontecimientos inauditos, muchos secretos serán revelados y transcurrirán siglos y eras antes de que estas palabras sean conocidas por los hombres. Cuando las conozcan, muchos no las creerán; otros, después de conocerlas, se mirarán dubitativos, y muy pocos hallarán objeto de meditación en los caracteres que voy a trazar con mi estilo de hierro sobre esta tablilla encerada.

. . . .

El año había sido un año de terror, lleno de la más profunda desgracia, para cuya expresión fiel no existen palabras adecuadas. Habíanse sucedido en la tierra y en el mar muchos prodigios y muchos sucesos de mal agüero. Desplegó sus fatídicas alas negras la peste, y los conocedores de las estrellas no ignoraban que el aspecto era evidente que aquel año, el setecientos noventa y cuatro, a la entrada de Aries, el planeta Júpiter se hallaría en conjunción con el rojizo anillo de Saturno. Esta maléfica influencia no sólo pesaba sobre la parte física de la Tierra, sino también sobre los oráculos y vaticinios de los astrólogos y sobre las meditaciones de la Humanidad.

Una noche nos encontrábamos siete amigos en una estancia del viejo palacio de Talmaide, sentados alrededor de algunas ánforas de vino de Chío. Para olvidarlo todo, departíamos sobre la suprema maestría del artífice Corinno, que había esculpido la puerta de bronce, única que daba acceso a la sala donde nos hallábamos. Aunque encerrados de esta suerte no veíamos el aspecto lúgubre de las estrellas y de las calles solitarias, el presentimiento y el recuerdo del azote persistían en nosotros. A nuestro alrededor las cosas materiales e inmateriales presentaban una anormalidad de la que no puedo dar exacta cuenta: notábase fuerte pesadez en la atmósfera, cierta sensación de angustia, y, sobre todo, ese especial estado que sufren las personas histéricas cuando los sentidos están cruelmente despiertos y la inteligencia entristecida y atontada. Un hálito mortal pesaba sobre nosotros, agarrotaba nuestros miembros y se extendía sobre los muebles y sobre las copas donde bebíamos: todo parecía oprimido por una pesadumbre letal, postrado en un abatimiento inexplicable. Siete lámparas de hierro alumbraban nuestra triste orgía. Su pálida luz abrillantaba la superficie bruñida de la mesa de ébano en derredor de la cual estábamos sentados, y en aquel espejo negro cada uno de los invitados contemplaba la lividez casi cadavérica de su rostro y el inquieto brillo de todas las miradas. No obstante, fingiendo estar alegres, reían, pero de una manera histérica; y hasta hubo alguno que se atrevió a entonar canciones de Anacreonte, pintando una felicidad geórgica que resonaba en nuestros oídos como imposible quimera. También se bebía mucho, aun cuando la púrpura del vino nos recordaba la de la sangre. Tal vez en aquella pena latente influyera la extraña actitud de uno de nuestros compañeros. Porque en la cámara había un octavo personaje: el joven Zoilo.

Muerto y sepultado hacía algún tiempo, constituía el genio del mal de aquella escena. Aunque no tomaba directamente parte en nuestra orgía, su rostro, descompuesto por el mal, y sus ojos, en cuya vidriosidad la Parca sólo había pintado a medias el fuego de la peste, parecían animarse por un movimiento de atención: el cadáver aparentaba tener tanto interés por nuestra alegría como puede serles posible a los muertos interesarse por el gozo de los que deben morir.

Comprendiendo yo que la expresión triste de aquellos ojos helaría mi buen humor, separé de ellos los míos, y fijándolos en las profundidades del espejo de ébano, canté con voz tonante y alegre las canciones báquicas del poeta de Teo. Pero insensiblemente mi canto fue amortiguándose, y sus ecos, después de debilitarse y languidecer, se desvanecieron entre las negras colgaduras de la estancia.

Pero he aquí que del fondo de aquella colgadura, donde fue a expirar el sonido de mi canción, surgió imprevista, inaudita, una sombra, que temblando y oscilando sobre el cortinaje, se deslizó hasta aparecer al fin visible en la superficie de la puerta de bronce.

Era una sombra indefinida, oscura, como si fuera proyectada por un ser extraño cuando la luna está baja en el firmamento. Pero su vaguedad, la imprecisión de sus contornos, sólo nos dejaba comprender que no era la sombra de un hombre; y aunque por su soberana majestad pensamos que pudiera ser la de un dios, comprendimos que no era la efigie de Zeus, ni la de Abracadabra, ni la de Saturno, ni la de ningún otro dios de Egipto ni de Caldea.

La sombra, erguida y mayestática, reposaba sobre la gran puerta de bronce. Su cabeza llegaba hasta los arcaicos capiteles.

La puerta en que reposaba inmóvil, muda, pero acentuándose cada vez más la sombra, se hallaba frente al nicho de Zoilo.

Nosotros, los siete compañeros, que habíamos visto surgir la aparición de entre el ignoto fondo de los cortinajes, aterrorizados, no nos atrevimos a mirarla, y fijamos los ojos en la profundidad del espejo de ébano, cual si pretendiéramos hallar en él la clave de aquel hórrido y enigmático suceso.

Por fin, yo –Oinos– me atreví a pronunciar en voz baja algunas palabras, interrogando a la sombra cuál era su morada y su nombre.

Y la sombra me respondió:

—¡Yo soy *El Eterno Espectro*, y mi morada está cercana a las catacumbas de Tolemaide! Habito al lado de las landas sombrías, por cuyas ígneas e impuras aguas se desliza la barca de Caronte.

Los siete nos levantamos de nuestros asientos, temblorosos, horripilados y convulsos, pues el timbre de voz de la sombra no era el de un solo individuo, sino el de una multitud de seres. Aquella voz, que cambiaba de inflexión a cada sílaba, hirió confusamente nuestros oídos, imitando los acentos familiares de cuantos seres amados nos había arrebatado la muerte.

Sólo Zoilo continuaba tranquilo en su tumba.

Método de composición

Carlos Dickens, en una nota que actualmente tengo ante la vista, hablando de un análisis que yo había hecho acerca del mecanismo de *Barnahy Rudge*, dice: "¿Saben ustedes, dicho sea de paso, que Godwin ha escrito su *Caleb Williams* comenzando por el fin? Este autor principió por rodear a sus personajes de una malla de dificultades, que forman la materia del segundo volumen, y en seguida, para componer el primero, se puso a pensar en los medios necesarios para legitimar todo lo que había hecho".

Me es imposible creer que tal método haya sido empleado por Godwin y, por otra parte, lo que él mismo ha confesado no está absolutamente conforme con lo afirmado por Dickens; pero el autor de *Caleb Williams* era demasiado buen artista para no echar de ver el beneficio que podría obtenerse de tal procedimiento. Sin duda alguna no hay verdad más evidente que, para que un plan merezca el nombre de tal, debe haber sido cuidadosamente elaborado para preparar el desenlace, antes de que la pluma se pose sobre el papel. Únicamente teniendo continuamente ante el espíritu el desenlace, podemos dar a un plan su indispensable fisonomía de lógica y de causalidad, haciendo que todos los incidentes, y, en particular, el tono general, tiendan hacia el desarrollo de la intención.

Según creo, existe cierto error radical en el método generalmente empleado para hacer un cuento. Tan pronto es la historia la que nos suministra una tesis, o el escritor se encuentra inspirado por un incidente contemporáneo; o bien, poniendo las cosas en lo mejor, el autor busca la manera de combinar hechos sorprendentes, que sólo deben formar la base de su relato, prometiéndose generalmente introducir las descripciones, el diálogo o sus comentarios personales donde un rasgo de la trama de la acción le suministre la oportunidad.

Para mí, la primera entre todas las consideraciones es la de producir un *efecto*. Procurando ser siempre original (porque se traiciona uno mismo abandonando un medio de interés tan evidente y tan fácil) me digo, ante todo: entre los innumerables efectos o impresiones que el corazón, la inteligencia o, para generalizar más, el alma, es más susceptible de recibir, ¿cuál es el único *efecto* que debo elegir entre todos? Habiendo, pues, hecho elección de un asunto de novela y en seguida de un vigoroso efecto, busco si es mejor esclarecerlo por medio de ciertos incidentes o por el tono, o por incidentes vulgares y un tono particular, o por incidentes extraños y un tono ordinario, o por una igual singularidad de tono y de incidente; y después busco a mi alrededor, o más bien en mí mismo, las combinaciones de acontecimientos o los tonos que puedan ser más propios para producir el efecto buscado.

Frecuentemente he pensado en lo interesante que sería escribir un artículo por un autor que quisiera, es decir, que pudiera contar, paso a paso, la marcha progresiva que ha seguido cualquiera de sus composiciones para llegar al término definitivo de su realización. Por qué tal trabajo no ha sido presentado al público, no es fácil de explicar; pero tal vez esta laguna literaria dependa en primer término de la vanidad de los autores. Muchos literatos, particularmente los poetas, gustan de dejar entender que componen gracias a una especie de sutil frenesí o a una intuición estática, y verdaderamente se estremecerían si se vieran obligados a permitir al público que lanzara una mirada detrás de la escena, y a que contemplara los laboriosos e indecisos embriones del pensamiento, la verdadera decisión tomada en el último momento, la idea tan frecuentemente entrevista en un relámpago y negándose largo tiempo a dejarse ver en plena luz, el pensamiento bien madurado y rechazado por la desesperación como si fuera de una naturaleza intratable, la selección prudente y los dolorosos tachones e interpolaciones; en una palabra, los rodajes y las cadenas, las maquinarias para los cambios de decorado, las escalas y los escotillones, las plumas de gallo, el carmín, los lunares postizos y todo el afeite que, en noventa y nueve casos sobre ciento, constituyen el lastre y la naturaleza del *histrión literario*.

Por otra parte, sé que no es corriente que el autor se encuentre en buenas condiciones para volver a emprender el camino por el cual ha llegado al desenlace. En general, como las ideas han surgido en desorden, han sido perseguidas y olvidadas de la misma manera.

En lo que a mí se refiere, no siento la repugnancia de que acabo de hablar hace un momento, y no encuentro la menor dificultad en recordar la marcha progresiva de todas mis composiciones, y como el interés de tal análisis o reconstitución, que considero como un *desiderátum* en literatura, es completamente independiente de todo interés real supuesto en la cosa analizada, no me acusarán de faltar a las conveniencias si descubro el *modus operandi* gracias al que he podido escribir una de mis propias obras: para este objeto he escogido *El Cuervo*, como más conocido. Mi deseo es demostrar que ningún punto de la composición puede ser atribuído a la casualidad o a la intuición, y que la obra ha marchado, paso a paso, hacia su solución con la precisión y la rigurosa lógica de un problema matemático.

Dejemos de lado, como no relacionado directamente con la cuestión poética, la circunstancia o, si ustedes quieren, la necesidad de la cual ha nacido la intención de componer un poema que satisfaga a la vez el gusto popular y el gusto crítico.

Así, pues, a partir de esta intención comienza mi análisis.

La consideración primordial fue la de la dimensión. Si una obra literaria es demasiado larga para ser leída en una sola sesión, es preciso resignarnos a vernos privados del efecto prodigiosamente importante que produce la unidad de impresión; porque, si son necesarias dos sesiones, los asuntos del mundo se interponen, y todo lo que nosotros llamamos el *conjunto,* la totalidad, se encuentra destruido de un golpe; pero, puesto que *cœteris paribus,* ningún poeta puede privarse de todo lo que concurra a servir a su deseo, no queda más que examinar si en la extensión encontraríamos alguna ventaja que compensara de la pérdida de la unidad, a lo que respondo: no. Lo que llamamos un poema largo, no es en realidad sino una sucesión de poemas cortos, esto es, de efectos poéticos breves. Es inútil agregar que un poema no es tal poema, sino en tanto que el escritor eleva el alma y le procura una excitación intensa, y por una necesidad psíquica, todas las excitaciones intensas son de corta duración. A esto se debe el que por lo menos la mitad del *Paraíso Perdido* no sea más que pura prosa, una serie de excitaciones poéticas, sembradas inevitablemente de depresiones, pues por su excesiva extensión, toda la obra se halla privada de este elemento artístico tan importante: totalidad o unidad de efecto.

Así, pues, es evidente que hay, en lo que se refiere a la dimensión, un límite positivo para todas las obras literarias; es el límite de una sola sesión, y, aunque en ciertos órdenes de composiciones en prosa, tales como *Robinson Crusoe,* que no reclaman la unidad, este límite puede ser ventajosamente excedido, nunca será ventajoso excederlo en un poema. En este mismo límite, la extensión de un poema debe encontrarse en relación matemática con el mérito de dicha composición; es decir, con la elevación o excitación que produce; o, en otros términos, con la cantidad de verdadero efecto poético con que puede impresionar las almas; en esta regla no hay más que una sola condición restrictiva, y es la necesidad de cierta cantidad de tiempo para la producción de un efecto.

Teniendo bien presentes en mi espíritu estas consideraciones, así como el grado de excitación que no coloqué por encima del gusto popular ni por debajo del gusto crítico, primeramente concebí la idea de la extensión conveniente de mi proyectado poema, unos cien versos, y en realidad no tiene más que ciento ocho.

En seguida, mi pensamiento trató de elegir una impresión o un efecto; y creo debo hacer observar que, a través de esta labor de construcción, siempre tuve ante mis ojos el deseo de hacer mi obra *universalmente* apreciable. Me alejaría demasiado de mi objetivo inmediato si tratara de demostrar un punto sobre el cual he insistido numerosas veces, es decir, que lo Bello es el único dominio legítimo de la poesía. No obstante, diré algunas palabras para aclarar mi verdadero pensamiento, que algunos de mis amigos han tergiversado muy pronto. El placer que es a un mismo tiempo el más intenso, el más elevado y el más puro, no se encuentra, según creo, sino en la contemplación de lo Bello. Cuando los hombres hablan de la Belleza, quieren dar a entender, no una cualidad, como se supone, sino una impresión; teniendo ante su vista esa violenta y pura elevación de *alma*, no del intelecto ni del corazón, que ya he descrito, y que es el resultado de la contemplación de lo Bello. Ahora bien; designo lo Bello como el dominio de la poesía, porque es una regla evidente del arte que los efectos necesariamente deben nacer

de causas directas, que los objetivos deben ser con-
quistados por los medios más apropiados a la conquista
de dichos objetivos, pues ningún hombre se ha mostrado hasta ahora bastante estúpido para negar que
la singular elevación de que hablo se encuentre más
bien al alcance de la poesía que al de otros géneros
literarios. Ahora bien; el objeto Verdad, o satisfacción del intelecto, y el objeto Pasión, o excitación
del corazón, son, aunque ellos también estén en cierta manera al alcance de la poesía, mucho más fáciles de obtener por medio de la prosa. En resumen,
la Verdad reclama precisión, y la Pasión familiari-
dad (los hombres verdaderamente apasionados me
comprenderán), absolutamente contrarias a esa Belleza, que no es otra cosa, repito, que la excitación
o la deliciosa elevación del alma. Todo lo que he
expuesto hasta ahora no quiere decir que la pasión,
y aun la verdad, no puedan ser introducidas y aun
con provecho en un poema; porque pueden servir
para aclarar o aumentar el efecto general, como las
disonancias en música, por contraste; pero el verdadero artista siempre se esforzará en reducirlas a un
papel favorable del objeto principal perseguido, y
en seguida las envolverá, tanto como pueda, en ese
celaje de belleza, que es la atmósfera y la esencia de
la poesía.

Considerando lo Bello como mi terreno, me dije
entonces: ¿cuál es el *tono* en su más alta manifesta-
ción? Tal fue el objeto de mi deliberación siguiente.
Ahora bien; toda la experiencia humana concuerda
en confesar que es el de la tristeza. Una belleza, sea de
la especie que fuere, en su desarrollo supremo, hace

inevitablemente verter lágrimas a un alma sensible.
Así, pues, la melancolía es el más legítimo de todos
los tonos poéticos.

La dimensión, el terreno y el tono estaban determinados de esta manera, e inmediatamente traté
de descubrir, por medio de la inducción ordinaria,
alguna curiosidad artística y picante que me pudiera servir de clave en la construcción del poema,
algún eje alrededor del cual pudiese girar la máquina. Meditando cuidadosamente sobre todos los
efectos de arte conocidos, o, más propiamente,
sobre todos los medios de *efecto,* en el sentido escé-
nico de esta palabra, no tuve que mirar mucho tiempo para echar de ver que el más generalmente
empleado era el *estribillo.* La universalidad de su
empleo bastó para convencerme de su valor intrínse-
co, y me ahorró la necesidad de someterle a un análisis. No obstante, admití que era susceptible de
perfeccionamiento, y muy pronto eché de ver que se
encontraba en estado primitivo. Tal como se usa generalmente, el estribillo no sólo está limitado a los
versos líricos, sino que el vigor de la impresión que
debe producir depende de la intensidad de la monotonía en el sonido y en el pensamiento. En este
caso, el placer es únicamente producido por la sensación de identidad, de repetición. Para aumentar
este placer, resolví variar el efecto, continuando
generalmente fiel a la monotonía del sonido, mientras que alteraba continuamente la del pensamiento,
es decir, que me propuse producir una continua serie
de aplicaciones variadas del estribillo, aunque
dejándole casi siempre que fuese igual.

Admitidos estos puntos, inmediatamente pensé en la *naturaleza* de mi estribillo. Puesto que la aplicación frecuentemente debía ser variada, es indudable que el estribillo en sí mismo debía ser breve; porque me hubiera encontrado con una dificultad casi infranqueable teniendo que cambiar con frecuencia las aplicaciones de una frase un poco larga. La facilidad de variación, como es natural, se encontraría en relación directa con la brevedad de la frase. Estas consideraciones me indujeron a aceptar sólo dos palabras como estribillo.

En seguida pensé en lo referente al *carácter* de estas palabras. Habiendo tomado la decisión de que emplearía un estribillo, la división del poema en estancias aparecería como un corolario indiscutible y el estribillo sería la conclusión de cada estrofa. Esta conclusión, esta caída, para tener fuerza, necesariamente debía ser sonora y susceptible de un énfasis prolongado, en eso no había duda, y esas consideraciones me condujeron a elegir la *o* larga como una de las vocales más sonoras asociadas a la *r* como la consonante más vigorosa.[1]

Bien determinado ya el sonido del estribillo, era necesario escoger una palabra que tuviese ese sonido y que, al mismo tiempo, concordase lo mejor posible con la melancolía adoptada como tono general del poema. En la tal investigación hubiese sido absolutamente imposible no elegir la palabra *nevermore, nunca más*. En realidad, fue la primera que se presentó a mi espíritu. El *desiderátum* siguiente fue:

[1] Obsérvese que Poe escribía en inglés. – *N. del T.*

¿cuál será el pretexto elegido para emplear continuamente las palabras *nunca más?* Observando la dificultad que experimentaba para encontrar una razón posible y suficiente que justificara esta continua repetición, no dejé de advertir que esta dificultad surgió únicamente de la idea preconcebida, de que tal palabra, tan obstinada y monótonamente repetida, debía ser proferida por un ser *humano;* que, en suma, la dificultad consistía en conciliar esta monotonía con el ejercicio de la razón en la criatura encargada de repetir la palabra. Entonces surgió ante mí la idea de una criatura no razonable y, no obstante, dotada de palabra, y naturalmente se presentó ante mi imaginación la idea de un loro; pero inmediatamente fue rechazada por la de un cuervo, pues este último también estaba dotado de la facultad de producir sonidos infinitamente más de acuerdo con el *tono* deseado.

De esa manera había llegado a la concepción de un cuervo, ¡pájaro de mal agüero!, repitiendo obstinadamente las palabras *nunca más,* a la terminación de cada estrofa de un poema de tonos melancólicos y de una extensión de unos cien versos. Entonces, sin perder de vista el superlativo, o la perfección de todos los puntos, me pregunté: de todos los asuntos melancólicos, ¿cuál es el *más* melancólico según la inteligencia universal? La Muerte; respuesta inevitable. ¿Y cuándo, me dije, este asunto, el más melancólico de todos, es más poético? Según lo que ya he explicado con bastante amplitud, fácilmente se puede adivinar la respuesta: cuando se une íntimamente a la Belleza. Así, pues, la *muerte de una hermosa mujer* es indudablemente el motivo más poético del mundo, e igualmente está fuera de duda que la boca mejor escogida para desarrollar tal tema es la de un amante privado de su tesoro.

Desde entonces traté de combinar estas dos ideas: para tal combinación, era el de imaginar a un cuervo repitiendo continuamente las palabras: *"Nunca más"*. Era preciso combinar, teniendo siempre presente en mi espíritu el deseo de variar cada vez la aplicación de la palabra repetida, pero el único medio posible para tal combinación era el de imaginar que un cuervo se servía de tales palabras para responder a las preguntas del amante. Entonces fue cuando vi en seguida toda la facilidad que me ofrecía el efecto de que mi poema estaba suspendido, es decir, el efecto que tenía que producir con la variedad en la aplicación del estribillo. También vi que podía hacer pronunciar la primera pregunta al amante y a la que el cuervo debía responder: *"Nunca más"*, pudiendo hacer de la primera pregunta una especie de lugar común, la segunda algo de menos común, la tercera algo de menos todavía, y así en el resto del poema, hasta que el amante, saliendo al cabo de su indiferencia por el carácter melancólico de la palabra, por su frecuente repetición y por el recuerdo de la siniestra fama del pájaro que la pronuncia, se encontrase agitado por una excitación supersticiosa y formulase locas preguntas apasionadamente interesantes para su corazón; preguntas, mitad hechas por un sentimiento de superstición, mitad por esa desesperación singular que siente cierta voluptuosidad en su tortura, no solamente porque el amante crea en el carácter profético o diabólico del pájaro (la razón le demuestra que no hace sino repetir una lección bien aprendida), sino porque experimenta una voluptuosidad frenética, formulando de esta manera sus preguntas y recibiendo del *Nunca más*, siempre esperado, una nueva herida, tanto más deliciosa cuanto es más insoportable. Viendo, pues, la facilidad que se me ofrecía, o, para hablar con más precisión, que se imponía en mí en el progreso de mi construcción, primeramente fijé la pregunta final, la pregunta suprema a la cual el *Nunca más* debía, en último término, servir de respuesta, esta pregunta a la cual el *Nunca más* responde del modo más desesperante, más doloroso y horrible que se puede concebir.

Ahora podía decir que mi poema había encontrado su comienzo (por el fin, como debían comenzar todas las obras artísticas); porque, entonces, fue precisamente en este punto de mis consideraciones preparatorias, cuando, por primera vez, posé la pluma sobre el papel para componer la siguiente estrofa:

¡Oh, profeta –dije–, o diablo! Por ese ancho combo
[velo
de zafir que nos cobija, por el mismo Dios del cielo
a quien ambos adoramos, dile a esta alma adolorida,
presa infausta del pesar,
si jamás en otra vida, la doncella arrobadora
a mi seno ha de estrechar,
l'alma virgen a quien llaman los arcángeles, Leonora.
Dijo el cuervo: "¡Nunca más!"

Entonces fue cuando compuse esta estancia, primero para establecer el grado supremo y poder de este modo, más a mis anchas, variar y graduar, por la importancia y por la seriedad, las precedentes preguntas del amante, y, en segundo lugar, para fijar definitivamente el ritmo, el metro, la longitud y la disposición general de la estrofa, así como la extensión de las estancias que le debían preceder, de manera que ninguna pudiese superar a esta última por su efecto rítmico. Si hubiese sido bastante imprudente para construir, en el trabajo de composición que debía seguir, estrofas más vigorosas, *hubiera tratado deliberadamente y sin escrúpulos de debilitarlas*, para no perjudicar el efecto del *crescendo*.

Aquí también podía intercalar algunas líneas acerca de la versificación; pues mi objeto principal (como siempre) era la originalidad. Una de las cosas más inexplicables ha sido el gran descuido en la originalidad de la versificación. Admitiendo que sea posible muy poca variedad en el ritmo puro, las variedades en el metro y en las estrofas son infinitas, y no obstante, durante varios siglos, ningún hombre ha hecho en versificación, ni ha intentado hacer algo original. El hecho es que la originalidad (excepto en los espíritus de una fuerza completamente insólita) no es, como suponen algunos, un asunto de instinto o de intuición. Generalmente, para encontrarla, es preciso buscarla laboriosamente, y, aunque sea un mérito positivo de los más elevados, más bien es el espíritu de negación el que nos suministra los medios de alcanzarla, que el espíritu de invención.

No pretendo con esto que el ritmo y metro de *El cuervo* sean originales; por el contrario, el primero es *trocaico* y el metro se compone de un verso de ocho sílabas, alternando con otro de siete, que, al repetirse, forma el motivo del quinto, terminando con uno de tres sílabas. Más claro: los versos constan de sílabas largas y breves, alternadas: el primero de la estrofa tiene ocho en la forma antedicha; el segundo, siete y media; el tercero, ocho; el cuarto, siete y media; el quinto, también siete y media, y el sexto, tres y media. Todos estos versos, separadamente, han sido ya empleados en diferentes poemas, de modo que la originalidad de *El cuervo* estriba únicamente en haberlos combinado, es decir, en el conjunto, cosa que nadie había intentado hacer hasta ahora.[1]

Además, aumenta el efecto de esta originalidad la repetición de la rima, la de las sílabas y hasta la de las letras. Faltaba sólo, para empezar el poema, un detalle el lugar de la acción, el sitio donde habían de encontrarse reunidos el amante y el cuervo. Pensé, como lugar más a propósito, en un bosque o una llanura, pero en ésta, como en otras ocasiones, comprendí que lo más apropiado para que un incidente adquiera verdadero relieve, es que se desarrolle en un local o espacio reducido, como ocurre con un lienzo respecto del marco. Esto tiene una gran ventaja: que la atención del espectador o lector se fije exclusivamente en el asunto y sus incidentes, ventaja que no debe confundirse, desde luego, con la que proporciona también la unidad de lugar.

---

[1] Poe se refiere al original de su poema escrito en inglés, y el que ofrecemos en esta edición traducido, por J. A. Pérez Bonalde, con el mismo paralelismo a que se refiere el autor.

Opté, pues, por hacer figurar al amante en su habitación, santificada por los recuerdos que encerraba para él, y siguiendo mis opiniones acerca de la belleza, que consideraré siempre como la única tesis de la poesía, creí necesario, al hacer su descripción, presentarla lujosamente amueblada. Quedaba por justificar la entrada del pájaro, y nada más a propósito para ello que la ventana de la habitación.

En mi deseo de aumentar el interés e impaciencia del lector, tuve la idea de retardar todo lo posible la llegada del pájaro, así como la del incidente a que dan lugar los misteriosos golpes de la puerta, que hacen suponer al amante, en un momento de exaltación, que es el espectro de su amada que acude a su llamamiento. En justificación de la llegada del cuervo, y buscando el contraste, imaginé el silencio que reina en la solitaria casa y la noche lóbrega y tempestuosa que la envuelve, contraste que resalta también al ver unidos colores tan diametralmente opuestos como los del plumaje del cuervo y el marmóreo busto. Y elegí el de Palas, en primer lugar, por su afinidad con el carácter que imprimí al amante, y en segundo, por la sonoridad de la frase. Aumenta el contraste también, a la mitad del poema, la entrada del cuervo, que tiene de fantástica y cómica a la vez todo lo que permiten las circunstancias, y al mismo tiempo de turbulenta por el movimiento vertiginoso de sus alas. Dice la estrofa:

Sin pararse ni un instante, ni señales dar de susto,
con aspecto señorial,
fue a posarse sobre un busto de Minerva que ornamenta

de mi puerta el cabezal,
sobre el busto que de Palas la figura representa,
fue y posóse – ¡y nada más!

En las dos estrofas siguientes se acentúa más mi propósito. Dicen así:

Trocó entonces el negro pájaro, en sonrisas mi tristeza
con su grave, torva y seria gentileza;
y le dije: "Aunque cresta calva llevas, de seguro,
no eres cuervo nocturnal,
viejo, infausto, cuervo obscuro, vagabundo en la
                                        [tiniebla...
Di: ¿Cuál tu nombre, cuál,
en el reino plutoniano de la noche y de la niebla?"
Dijo el cuervo: "¡Nunca más!"

Asombrado quedé oyendo así hablar al avechucho,
si bien su árida respuesta no expresaba poco o mucho;
pues preciso es convengamos que nunca hubo criatura
que lograse contemplar
ave alguna en la moldura de su puerta encaramada
ave o bruto reposar
sobre efigie en la cornisa de su puerta, cincelada
con tal nombre: "¡Nunca más!'

Preparado así el desenlace, dejo el tono fantástico por el serio, notándose este cambio al principio de las anteriores estrofas.

"Mas el cuervo, fijo, inmóvil –dice la otra estrofa– en la grave efigie aquella", etcétera.

A partir de aquí, el amante cambia de tesitura;

ya no ríe, ni bromea, ni le parece fantástica la conducta del cuervo: habla de él conceptuándole como
pajarraco agorero, feúcho y lúgubre, y le sugestiona
el fulgor de su mirada, que le quema el alma. Al unísono va evolucionando rápidamente hacia el desenlace el pensamiento del amante y el del lector, según
el plan de la obra.

El poema debe considerarse terminado con la
frase *Nunca más,* contestada invariablemente por el
cuervo a las preguntas del amante, puesto que, propiamente hablando, se trata de un relato o cuento,
según el cual el interés del enamorado estriba únicamente en saber si hallará en la otra vida a su querida Leonora.

Todo lo dicho, que constituye la primera fase del
poema, nada tiene de inverosímil ni de sobrenatural. Trátase de un cuervo a quien su dueño enseñó a
repetir las palabras *Nunca más,* y que habiéndose
escapado, busca refugio en cualquier parte huyendo
de la tempestad: ve la luz que se filtra a través de
los intersticios de la ventana y golpea con sus alas,
pretendiendo guarecerse allí. En la habitación, su
dueño, un estudiante que perdió su bien amado,
busca inútilmente en la lectura lenitivo a su dolor.
Abierta la ventana, precipítase dentro el cuervo,
posándose en lugar seguro y fuera de alcance. El ines-
perado incidente sirve por un momento de pasatiempo al estudiante, que por vía de entretenimiento
pregunta al bicharraco su nombre, bien ajeno de
sospechar que pueda contestarle. El *Nunca más* que
atónito escucha el enamorado, despierta en su alma
dolorosos recuerdos que aumentan a medida que,

presa de exaltación, enumera en voz alta los motivos, dudas y sinsabores causa de su desgracia, formulando continuas preguntas, a las que contesta siempre el cuervo con su *Nunca más.* Hace el estudiante mil conjeturas descabelladas acerca de lo que le ocurre, y transido de dolor goza aumentando su tortura, dejándose llevar de un terror supersticioso e interrogando varias veces al cuervo, pero en forma que siempre resulta apropiada la contestación, el intolerable *Nunca más,* que ensancha la abierta herida del solitario amante. Nada hay, pues, inverosímil en esta primera fase del poema, puesto que en las preguntas formuladas por el amante, preguntas que justifican el estado de su alma, encuentra éste el mayor de los goces, el que se proporciona a sí mismo exacerbando su dolor.

En los asuntos tratados en la forma descrita, hay siempre cierta rudeza, algo descarnado, digámoslo así, que el artista rechaza; por ello es indispensable: primero, atender con preferencia a combinarlo hábilmente, y segundo, a infiltrar en él la parte sugestiva, que aunque invisible, viene a ser una especie de corriente inductora del pensamiento. Esto da siempre a una obra de arte cierta riqueza, que se confunde algunas veces con lo ideal. Y precisamente esa sugestión, llevada a su exageración, es la que transforma la poesía de lo que se llama *trascendentalismo* en prosa; y prosa de la peor especie. Por esta razón, añadí al poema las dos estrofas con que termina, las cuales, por la índole sugestiva, graban en el espíritu el relato que las precede.

La corriente inductora resalta ya en este verso:

Quita el pico de mi pecho. De mi umbral tu forma aleja.
Dijo el cuervo: "¡Nunca más!"

Nótese que las palabras *mi pecho* entrañan la primera expresión metafórica del poema. Estas frases, unidas al *Nunca más,* predisponen el ánimo a encontrar el fin moral en el resto del poema, puesto que el lector considera, desde aquel momento, al cuervo como un ser emblemático, aunque no podrá descifrar hasta el final de la última estrofa la intención del autor, que presenta al cuervo como *símbolo del recuerdo fúnebre y eterno.*

Dice así:

Y aún el cuervo inmóvil, fijo, sigue fijo en la escultura
sobre el busto que ornamenta de mi puerta la moldura,
y sus ojos, son los ojos de un demonio que durmiendo
las visiones ve del mal;
y la luz sobre él cayendo, sobre el suelo arroja trunca
su ancha sombra funeral
y mi alma, de esa sombra que en el suelo flota... ¡nunca
se alzará... nunca más!

Se terminó de imprimir en el mes de
octubre de 2004 en Imprenta de los
Buenos Ayres S.A.I.C., Carlos Berg 3449.
Buenos Aires - Argentina